Ellen Barksdale

Tee? Kaffee? Mord! – Der doppelte Monet

AF871593

Tee? Kaffee? Mord! – Die Serie

Davon stand nichts im Testament …

Cottages, englische Rosen und sanft geschwungene Hügel: das ist Earlsraven. Mittendrin: das »Black Feather«. Dieses gemütliche Café erbt die junge Nathalie Ames völlig unerwartet von ihrer Tante – und deren geheimes Doppelleben gleich mit! Die hat nämlich Kriminalfälle gelöst, zusammen mit ihrer Köchin Louise, einer ehemaligen Agentin der britischen Krone. Und während Nathalie noch dabei ist, mit den skurrilen Dorfbewohnern warmzuwerden, stellt sie fest: Der Spürsinn liegt in der Familie …

Über die Autorin

Geboren wurde Ellen Barksdale im englischen Seebad Brighton, wo ihre Eltern eine kleine Pension betrieben. Von Kindheit an war sie eine Leseratte und begann auch schon früh, sich für Krimis zu interessieren. Ihre ersten Krimierfahrungen sammelte sie mit den Maigret-Romanen von Georges Simenon (ihre Mutter ist gebürtige Belgierin). Nach dem jahrelangen Lesen von Krimis beschloss sie vor Kurzem, selbst unter die Autorinnen zu gehen. »Tee? Kaffee? Mord!« ist ihre erste Krimireihe.

Ellen Barksdale

Tee? Kaffee? Mord!

DER DOPPELTE MONET

Aus dem Englischen von Ralph Sander

be THRILLED

beTHRILLED

Vollständige ePub-to-Print-Ausgabe des in der Bastei Lübbe AG erschienenen eBooks »Tee? Kaffee? Mord! – Der doppelte Monet« von Ellen Barksdale

beTHRILLED in der Bastei Lübbe AG

Copyright © 2017 by Bastei Lübbe AG, Köln
Textredaktion: Julia Feldbaum
Lektorat/Projektmanagement: Rebecca Schaarschmidt
Covergestaltung: Kirstin Osenau unter Verwendung von Motiven © shutterstock/schankz, © shutterstock/SJ Travel Photo and Video, ©Chrislofotos/Shutterstock, © Mary Ro/Shutterstock, © Mary Ro/Shutterstock
Satz: 3w+p GmbH, Rimpar
Druck: Books on Demand GmbH, Norderstedt

ISBN 978-3-7413-0126-1

www.be-ebooks.de

www.lesejury.de

FSC www.fsc.org
MIX
Papier aus verantwortungsvollen Quellen
Paper from responsible sources
FSC® C105338

Prolog, in dem Cecily Beresford in ihrem Haus in Earlsraven um den Schlaf gebracht wird

»Was?«

Es war die vierte Nacht in Folge, in der Cecily Beresford aus dem Schlaf hochschreckte, weil eine Stimme ihr etwas zugeflüstert hatte. Sie saß kerzengerade im Bett und sah in die dunkle Nacht, dabei hielt sie eine Hand auf ihre Brust gedrückt, um ihr hastig schlagendes Herz zu beruhigen.

Warum nur immer wieder diese Stimme? Und warum sagte sie ihr so etwas? Warum konnte die Stimme sie nicht in Ruhe lassen?

Eigentlich war die Antwort darauf ganz simpel: Weil sie recht hatte. Und weil etwas Unrechtes geschehen war. Doch sie wusste auch, dass sich dieses Unrecht womöglich gar nicht rückgängig machen ließ. Wie sollte sie es beweisen? Es war aussichtslos, und womöglich war genau das der Grund, dass sie nachts immer wieder aufwachte. Nicht, weil die Gerechtigkeit siegen sollte, sondern diese Gerechtigkeit sie verspotten wollte.

Cecily Beresford schlug die Flanelldecke zur Seite und setzte sich auf die Bettkante, dann atmete sie erst ein paar Mal durch, ehe sie aufstand. Das alte Bett knarzte bei jeder Bewegung, aber das hatte es schon zu Zeiten ihrer Großmutter Eugenie getan – und so wie ihre Ahnin nahm auch Cecily längst keine Notiz mehr davon, welche Geräusche der massive Holzrahmen oder die Sprungfedern von sich gaben.

Der März war zwar sonnig, aber die Sonne besaß nur wenig Kraft, und dementsprechend kühl war es nachts, daher wollte sie auf ihre flauschige Decke nicht verzichten. Cecily griff nach dem Bademantel, der auf dem Stuhl gleich neben dem Bett lag, zog ihn an und verließ das Schlafzimmer.

Sie ging durch den kurzen Flur, den Strahl der kleinen Taschenlampe auf den Boden gerichtet. Für eine Frau Mitte achtzig war sie noch sehr flink auf den Beinen und bei klarem Verstand, aber sie achtete auch darauf, dass sie nicht übermütig wurde. Ein falscher Schritt, und sie würde die nächsten Wochen wegen eines komplizierten Beinbruchs im Krankenhaus verbringen müssen.

Ihre vorausschauende Art hatte auch bewirkt, dass sie schon vor Jahren ihr früheres Arbeitszimmer im Erdgeschoss in ein Schlafzimmer verwandelt hatte, weil sie dann nicht unbedingt jeden Tag die Treppe benutzen musste. Im ersten Stock stand nun der alte Jugendstilschreibtisch, in den Aktenschränken waren alle wichtigen Dokumente untergebracht. Dort gab es auch noch das Handarbeits- und das Malzimmer, beide ursprünglich als Kinderzimmer genutzt. Nichts davon benötigte sie täglich, und mit der Verlegung des Schlafzimmers war die große Gefahr gebannt, aus irgendeinem Anlass noch im Halbschlaf zur Haustür eilen zu müssen und dabei auf der Treppe ins Stolpern zu geraten.

Im Wohnzimmer bog sie nach rechts und blieb vor der alten Anrichte stehen. Ihr Blick wanderte ein Stück weit über das Möbelstück und verharrte dort.

Nach nicht mal einer halben Minute schüttelte sie den Kopf und flüsterte ängstlich: »Das ist er nicht. Das ist er nicht …«

Schließlich kehrte sie ins Schlafzimmer zurück und legte sich wieder hin. Sie wusste, so bald würde sie nicht einschlafen können, ganz so wie in den vergangenen drei Nächten auch. Wie lange sollte das noch so weitergehen?

Cecily Beresford ließ den Kopf aufs Kissen sinken und schloss die Augen. Irgendwann würde der Schlaf schon übermächtig werden.

Irgendwann …

Erstes Kapitel, in dem Nathalie überraschend einen Brief erhält, der ihr Leben auf den Kopf stellt

Liverpool,
ein paar Tage nach dem nächtlichen Vorfall in Earlsraven

»Mr Cresnick, ich muss Ihnen leider mitteilen, dass Ihr Bruder ums Leben gekommen ist«, sagte der Inspector mit betretener Miene.

»Stuart? Reden Sie etwa von Stuart?«, fragte Cresnick erschrocken. »Er ist mein einziger Bruder!«

»Es tut mir leid, Mr Cresnick.«

»Was ist passiert?« Cresnicks Frau kam zur Tür und sah verwundert zwischen ihrem Mann und dem Polizeibeamten hin und her.

»Der Inspector ist gekommen, um mir zu sagen, dass mein Bruder tot ist«, erklärte Cresnick in einem Tonfall, als würde er etwas wiederholen, was ihn gar nicht betraf.

»Stuart? Redet er etwa von Stuart?«, wollte sie wissen.

Cresnick nickte.

»Er war dein einziger Bruder!«

»Das habe ich dem Inspector auch schon gesagt«, antwortete ihr Mann.

Mrs Cresnick drehte sich zu dem Polizisten um. »Stuart war sein einziger Bruder, müssen Sie wissen.«

Der Inspector nickte. »Ihr Mann erwähnte es ber…«

»Jetzt reicht's mir aber«, stöhnte Nathalie und schaltete den Fernseher aus. »Wenn die weiter so einen Blödsinn reden, wird der Mörder vor Langeweile eingehen, bevor er verhaftet werden kann.«

Glenn schüttelte den Kopf. »Und trotzdem schalten jede Woche drei Millionen Menschen ein, um sich das anzusehen.« Er strich sich über den Bart. »Und was machen wir jetzt? Wir wollten doch den Abend gemütlich vor dem Fernseher verbringen.«

Nathalie drehte sich zu ihm um und lächelte ihn verschmitzt an. »Jetzt sag bloß, du weißt nicht, wie wir den Abend verbringen können, wenn im Fernsehen nichts Vernünftiges läuft.«

Er lachte leise. »So war das nicht gemeint. Da habe ich schon ein paar Ideen, aber ich musste heute so viele Kisten schleppen, dass ich, ehrlich gesagt, froh bin, wenn ich einfach auf der Couch rumhängen kann, ohne auch nur einen Finger zu rühren.«

»Ja, ich weiß«, erwiderte Nathalie verständnisvoll. »Ich bin selbst auch total erledigt. Aber es war ja auch eine ›geniale‹ Idee von deinem Bruder, uns um drei Uhr nachmittags um Hilfe zu bitten, damit sein Lagerraum bis sechs Uhr leer geräumt wird.«

»Vor allem, wo er das schon seit einem halben Jahr wusste.« Er verzog verlegen den Mund. »Tut mir leid, dass ich dich dazu überredet habe. Ich hätte ihm sagen müssen, dass er zusehen soll, wie er den Kram allein da rausschafft. Aber lass uns lieber das Thema wechseln, sonst werde ich noch richtig sauer.«

Nathalie dachte kurz nach. »Ich weiß, was wir machen können. Ich schenke jedem von uns ein Glas Wein ein, und dann nehme ich mir den Stapel Post vor, den ich heute aus dem Briefkasten geholt habe. Und du setzt dich einfach zu mir und unterhältst mich ein bisschen. Wie klingt das?«

»Hm«, machte Glenn und fuhr gespielt begeistert fort: »Au jaaa, das wird bestimmt raaaasend interessant werden.« Er ließ einen tiefen Seufzer folgen. »Aber meinetwegen.«

»Dann mal los!«, erwiderte sie gut gelaunt und stand von der Couch auf, um zum Sekretär zu gehen, auf dem die Umschläge gestapelt lagen. Sie brachte die Post zum Tisch, dann ging sie in die Küche und kam mit zwei Gläsern Wein zurück. Nachdem sie sich wieder zu Glenn gesetzt hatte, begann sie, den Stapel zu sichten. »Werbung, mehr Werbung, noch mehr Werbung, Telefonrechnung, andere Werbung, Stromrechnung, Lottowerbung, Werbung vom ... was ist das? Ein Notar? Stewart Richard Orson III. Kenn ich nicht.«

»Aber anscheinend kennt er dich«, sagte Glenn und nahm ihr den Brief aus der Hand. »Das ist irgendwas Offizielles. Ein Einschreiben.«

Nathalie fuhr sich durch ihre kurzen dunkelblonden Haare und zog die Augenbrauen zusammen. »Den muss ich dann ja wohl aufmachen.«

»Das wäre sicher nicht verkehrt«, stimmte Glenn ihr zu und gab Nathalie den Brief zurück.

»Also gut.« Sie setzte den Brieföffner an und schnitt den Umschlag auf, nahm das Schreiben heraus und begann zu lesen.

»Nach deinen ›Ohs‹ und ›Huchs‹ zu urteilen, ist es wohl etwas Wichtiges?«

Sie faltete das Blatt zusammen und schob es zurück in den Umschlag. »Es geht um das Testament meiner Tante Henrietta.«

»Die vor zwei Wochen gestorben ist?«

Nathalie nickte. »Ja, genau. Offenbar soll ich irgendwas erben, und der Notar will mich deshalb sprechen.«

»Das ist aber schön«, befand Glenn.

Wieder nickte sie, war dabei aber den Tränen nah. »Lieber wäre es mir schon, wenn es noch keinen Anlass gäbe, mir etwas zu vererben.«

Glenn drückte Nathalie an sich, schließlich wischte sie sich flüchtig über die Augen und murmelte: »Schon gut, es geht wieder.«

»Was könnte sie dir denn vererbt haben?«, fragte Glenn nach einer Weile. »Vielleicht besaß sie ja eine von diesen schrecklichen Riesenkerzen. Du weißt schon, diese monströsen Klötze, die so aussehen, als hätte sie jemand aus einer Kirche irgendwo in Italien mitgehen lassen. So eine Abscheulichkeit mit betenden Händen oder Heiligengesichtern oder so. Oder noch so einen Klotz von Schrank.« Er zeigte auf den Wandschrank, den Nathalies Eltern ihr überlassen hatten, gleich nachdem sie hier eingezogen war. Der Schrank war genauso aus der Mode wie fast alles in ihrer Wohnung, aber trotzdem liebte Nathalie jedes einzelne Möbelstück, weil es eine Geschichte erzählte, die nicht aus der Zeile »Ich kam in einem schwedischen Möbelhaus zur Welt, und stehe zusammengeschraubt hier rum« bestand. Jeder aus ihrer Verwandtschaft und ihrem Freundeskreis hatte ihr etwas geschenkt, das bereits ein paar Jahre auf dem Buckel hatte, das aber zu schade und noch viel zu gut erhalten war, um auf dem Sperrmüll zu landen. Der dunkelgrüne Ohrensessel, der rechts von der Couch stand, war ein Geschenk von Tante Henrietta gewesen und war schnell ihr Lieblingsplatz geworden. Wenn Nathalie allein war, saß sie fast immer dort, entweder, um ein Buch zu lesen, oder, um im Winter, in eine Decke eingehüllt, einen heißen Kakao zu trinken. Manchmal verbrachte sie sogar die halbe Nacht in diesem Sessel, wenn sie abends vor dem Fernseher einschlief. Beeindruckend an diesem breiten, weichen Riesen war, dass Natalie sogar nach einer ganzen Nacht in Schieflage ohne Schmerzen aufwachte.

Glenn war von dieser Einrichtung aus zweiter Hand nicht ganz so begeistert wie sie. Das hatte sie ihm beim ersten Besuch in ihrer Wohnung anmerken können, auch wenn er nichts dazu gesagt hatte. Sie war sich nicht sicher, ob das noch zu einem Problem werden würde, wenn sie in ihrer Beziehung einen Schritt weitergehen und zusammenziehen wollten. Darüber geredet hatten sie, aber noch gab es nicht mal ein ungefähres Datum, und damit konnte sie auch ganz gut leben. Im Moment war sie mit dieser Beziehung zufrieden, so, wie sie war. Sie ließ sich weder von der *Cosmopolitan* noch von irgendeiner anderen Zeitschrift einreden, nach wie vielen Wochen oder Monaten ihre Beziehung einen bestimmten Status erreicht haben musste, wenn sie nicht zum Scheitern verurteilt sein sollte. Keine Beziehung der Welt lief nach einem festgelegten Fahrplan ab, es sei denn, man war ein Promi und musste den Erwartungen seiner Fans gerecht werden. Aber das hatte dann sowieso mit der Realität nichts mehr zu tun.

Im wahren Leben entwickelten sich die Dinge in ihrem eigenen Tempo, und das konnte manchmal bedeuten, dass man jemanden kennenlernte und ihn drei Tage später heiratete – aber es war auch möglich, dass man ein Leben lang mit diesem Jemand zusammenblieb, ohne je den Wunsch nach Heirat zu verspüren.

»Warum sollte sie mir eine hässliche Kerze vererben?«, griff Nathalie Glenns letzte Bemerkung auf.

»Ganz einfach. Als ich zwölf war, hat mir meine Großtante so ein Ding geschenkt. Das Trauma wirkt bis heute nach.« Glenn wartete Nathalies Reaktion gar nicht erst ab, sondern fragte: »Gab es irgendetwas, das dir besonders am Herzen gelegen hat? Irgendein … ein Ring oder etwas in der Art?«

»Nein. Wenn schon, dann würde ich eher auf ihre Krimisammlung tippen, weil sie weiß, wie sehr ich die geliebt und verschlungen habe.«

»Oh, das würde bedeuten, dass du ein Paket mit den gesammelten Werken von Agatha Christie in Empfang nehmen darfst«, sagte er.

»Da irrst du dich, mein Lieber. Wenn, dann ist es ihre Sammlung Maigret-Krimis. Die haben ihr immer besonders gut gefallen«, betonte Nathalie. »Allein schon, weil Kommissar Maigret ziemlich natürlich wirkt. Meine Tante hielt Poirot immer für einen aufgeblasenen Schnösel.«

»Aber immerhin sind sie beide Franzosen«, warf Glenn auf gut Glück ein, wurde aber sofort eines Besseren belehrt.

»Maigret ist Franzose, aber der Schöpfer der Figur kommt aus Belgien. Poirot ist Belgier, aber die Autorin …«

»… ist Engländerin«, führte er den Satz zu Ende. »Das ist schon ein bisschen verwirrend.« Er verdrehte die Augen. »Wieso eigentlich nur Krimis? Warum hast du von ihr nichts anderes zu lesen bekommen?«

»Tante Henrietta hat immer gesagt, dass Lesen und vor allem das Lesen von Krimis den analytischen Teil des Gehirns fördert.«

»Dann bist du der lebende Beweis dafür, dass sie recht hatte. Sonst wärst du heute vielleicht keine Statistikerin und hättest nicht einen so guten Posten bei deiner Werbeagentur.« Er schaute auf seine Armbanduhr. »Wann will der Notar dich sehen?«

»Ich soll so bald wie möglich einen Termin vereinbaren«, antwortete sie und hielt den Brief so, dass ihr Freund die erwähnte Passage lesen konnte. »Morgen früh rufe ich ihn an, dann weiß ich hoffentlich bald mehr.«

Glenn nickte und stand auf. »Okay, dann werde ich mich jetzt auf den Heimweg begeben.«

»Jetzt schon?«, fragte sie und griff nach seiner Hand, um noch einen Moment seine Nähe zu genießen.

»Morgen früh will dieser Heizungsmonteur zwischen sieben und acht nach dem Heizkörper im Bad sehen«, erklärte er. »Du weißt, ich würde lieber hier übernachten, aber wenn ich mir vorstelle, wie früh ich dann aufstehen muss, um auch garantiert um sieben Uhr zu Hause zu sein, dann kann ich gleich wach bleiben.« Nach einer kurzen Pause fügte er zögerlich an: »Natürlich hätten wir solche Probleme nicht, wenn du zu mir ziehen würdest …«

Nathalie atmete seufzend durch. »Ich weiß. Aber ich liebe nun mal meine kleine gemütliche Wohnung und … na ja …«

»So ungemütlich ist meine Wohnung nun auch wieder nicht«, wandte er ein.

»Du weißt, ich mag diese Fensterfront nicht. Nur Glas von oben bis unten und von Wand zu Wand, und dann dieses alberne Verbot eurer Eigentümervertretung, kein Sideboard und kein Regal und kein gar nichts ans Fenster zu stellen, nur weil die ›Ästhetik‹ verletzt wird.«

»Es heißt ja, dass der Architekt das Haus im nächsten oder übernächsten Jahr verkaufen will«, sagte er beschwichtigend. »Wenn er raus ist, werden die anderen nicht länger zu jedem seiner skurrilen Vorschläge Ja sagen. Dann wird sich einiges ändern, das kannst du mir glauben.«

Nathalie lächelte ihn an. »Wollen wir's hoffen. Ich habe nämlich auch keine Lust, dass das mit dem Übernachten ständig so weitergeht. Und dass einer von uns abends doch noch nach Hause fahren muss – so wie du jetzt.«

»Vielleicht kann ich ja auch in den sauren Apfel beißen und meine Wohnung verkaufen, und dann suchen wir uns ganz woanders in der Stadt etwas, das für dich gemütlich genug und für mich immer noch nüchtern genug ist, um kein Problem damit zu haben«, schlug er grinsend vor.

Nathalie lächelte ihn an, schlang die Arme um seinen Hals und gab ihm einen Kuss. »Das ist doch mal ein Vorschlag, der sich sehen lassen kann. Wehe, du machst einen Rückzieher«, warnte sie ihn, und ihre Augen leuchteten schelmisch.

Glenn sah ihr tief in die Augen. »Würde mir nicht im Traum einfallen«, sagte er und erwiderte den Kuss, dann stand er auf und nahm seine Sachen an sich.

Nachdem er gegangen war, räumte Nathalie die Briefe zusammen, legte die wichtige Post auf den Sekretär neben der Tür und brachte die Werbung in die Küche, wo sie im dreigeteilten Abfalleimer im Fach für Altpapier landete. Sie ging ins Badezimmer, um sich die Zähne zu putzen und zu duschen.

Als sie sich abtrocknete, betrachtete sie sich im Spiegelschrank über dem Waschbecken. Ja, diese neue Frisur stand ihr gut, fand sie. Bis vor Kurzem hatte sie die Haare noch schulterlang getragen, aber irgendwie nie genug Volumen in die Frisur bekommen, um wirklich zufrieden mit ihrem Aussehen zu sein. Durch die fast glatt herunterhängenden dunkelblonden Haare hatte ihr Gesicht viel schmäler gewirkt, was wiederum ihre Nase viel zu groß hatte erscheinen lassen. Dank ihrer neuen Pixie-Frisur wurde der Blick nicht automatisch auf ihre Nase gelenkt, sondern mehr auf ihre vollen Lippen und vor allem auf ihren schlanken, langen Hals, den sie als junges Mädchen gehasst hatte. Er war bereits in die Höhe geschossen, als der Rest ihres Körpers noch lange kein Interesse daran gezeigt hatte, an Länge zuzulegen.

»Giraffe« war einige Jahre lang ihr Spitzname gewesen – bis der Rest ihres Körpers endlich nachzog, wobei vor allem ihr Busen besonderen Eifer an den Tag gelegt hatte. Dadurch war sie für die Jungs mit einem Mal sehr interessant geworden, aber die »Giraffe« hatte sie keinem von ihnen verzeihen können, und so war ihnen allen eine Abfuhr gewiss gewesen.

Sicher, Glenns Blick bei ihrer ersten Begegnung hatte auch ihrem Ausschnitt gegolten, aber der war an jenem Abend auch deutlich zu tief geraten gewesen, weil sich unbemerkt zwei Knöpfe ihrer Bluse verabschiedet hatten. Sie konnte ihm seinen Blick also nicht verübeln, zumal er sich nicht zu einer anzüglichen Bemerkung hatte hinreißen lassen, sondern im Gegenzug sein Hemd aufgeknöpft und ihr seine muskulöse Brust mit den Worten »Jetzt sind wir quitt« präsentiert hatte. Damit war das Eis gebrochen gewesen, und sie waren sich nähergekommen und schließlich ein Paar geworden.

Eigentlich erstaunlich, da er zumindest äußerlich so gar nicht ihr Typ war. Zumindest hatte sie das geglaubt, doch bei ihren Versuchen, Argumente gegen eine Beziehung mit Glenn zu finden, hatte sie irgendwann einsehen müssen, dass sie eigentlich nicht so recht wusste, wer ihr Typ war. Glenn bediente mit seinen nach hinten gekämmten, gegelten schwarzen Haaren und dem Dreitagebart eigentlich diverse Klischees, die für einen oberflächlichen, eitlen Mann sprachen. Aber die Art, wie er über diese Klischees und damit über sich selbst lachen konnte, war ein deutlicher Beweis dafür, dass er eigentlich ganz anders war. Sie hatte ihn in der gemeinsamen Zeit als aufmerksamen, liebevollen Mann erlebt, der ihr nicht aus Berechnung jeden Wunsch von den Augen ablas – oder weil er jeden Gefallen in Sex umrechnete und entsprechende Erwartungen an sie hatte. Nein, er tat diese Dinge für sie, weil er es wollte, ganz ohne Hintergedanken.

Nathalie zog ihr Nachthemd an, verließ das Badezimmer und machte eine letzte Runde durch die Wohnung, um sich zu vergewissern, dass Türen und Fenster geschlossen und alle elektrischen Geräte ausgeschaltet waren. Nachdem sie sich ins Bett gelegt hatte, ließ sie den Tag mit Glenn Revue passieren.

Etwas ließ sie nicht einschlafen. Etwas, das sie nicht näher bestimmen konnte. Es hatte mit … es hatte mit Glenn zu tun? Sie stutzte, weil ihr ein solcher Gedanke durch den Kopf ging. Was hatte er denn getan? Hatte er etwas falsch gemacht? Nachdenklich schüttelte sie den Kopf. Es hing mit irgendetwas zusammen, was er an diesem Abend gesagt oder nicht gesagt hatte. Hm, das war nicht so einfach, schließlich gab es unendlich viel, was er nicht gesagt hatte. Nein, das stimmte so auch nicht. Es musste um eine Sache gehen, über die sie heute Abend geredet hatten. Es war … es war … ja, genau … es ging um die Sache mit der Wohnung.

Es war ihr schon einmal sauer aufgestoßen, aber auch damals hatte sie vergessen, ihn darauf anzusprechen. Seit davon die Rede war, dass sie doch zusammenziehen sollten, hieß es immer nur, sie möge doch zu ihm ziehen. Dass er vielleicht auch zu ihr hätte ziehen können, davon hatte er noch nie gesprochen.

Ja, natürlich war seine Wohnung größer als ihre, aber sie war so ungemütlich, dass sie morgens kaum schnell genug das Weite suchen konnte, wenn sie bei ihm übernachtete.

Zugegeben, er machte es genauso, wenn er die Nacht bei ihr verbrachte, aber dann fühlte sie sich zumindest da wohl, wo sie war. Außerdem wusste er, wie unbehaglich ihr in seinen vier Wänden zumute war, weil sie so kühl und nüchtern wirkten. Trotzdem wollte er sie bei sich haben.

Mit einem Mal hatte sie das Gefühl, dass sich die Sache mit der Wohnung noch zu einem echten Problem auswachsen würde. Sie atmete ein paar Mal tief durch und schloss die Augen. Vielleicht lösten sich ja alle Probleme, wenn sie nur lange genug die Augen zukniff.

Zwei Tage später

Es war kurz nach drei am Nachmittag. Nathalie saß in einer der vielen Liverpooler Starbucks-Filialen und wartete auf Glenn. Von ihrem Platz aus konnte sie schräg gegenüber den Cavern Club sehen, der mit dem echten Cavern Club und den ersten Auftritten der Beatles außer dem Namen nichts gemein hatte. Das aber kümmerte die Touristen nicht, die ihre Kameras und Smartphones auf die Tür gerichtet hielten, als wären McCartney und Kollegen genau da früher ein- und ausgegangen.

Wäre nicht diese Pilgerstätte in Sichtweise gewesen, hätte Nathalie theoretisch in jeder anderen Starbucks-Filiale irgendwo auf der Welt sitzen können. Ihr fehlte das kleine Café gleich um die Ecke, das vor über einem Jahr seine Pforten hatte schließen müssen, weil die Betreiberin keinen Gewinn mehr gemacht hatte. Nathalie sowie einige andere waren bis zum letzten Tag treue Stammgäste geblieben, doch es hatte nicht gereicht. Vielleicht hätte die alte Miss Tuckham ihren Kaffee in Pappbechern zum Mitnehmen anbieten sollen, vielleicht hätte sie statt schwarzem Kaffee siebenunddreißig verschiedene Variationen kredenzen sollen, bei denen Kaffee nur eine von vielen Zutaten war – und vielleicht hätte sie auf ihre köstlichen Buttercremetorten verzichten und stattdessen Donuts, Muffins und Co. anbieten sollen. Vielleicht. Aber vielleicht hätte sie dann damit tatsächlich ihre Seele verkauft, so wie sie es immer gesagt hatte. Das Ende ihres Cafés nach dreiundvierzig erfolgreichen Jahren hatte Miss Tuckham nur um wenige Monate überlebt.

Sollte nächste Woche diese Starbucks-Filiale schließen, würde es keinen Menschen kümmern, weil mindestens drei andere Filialen keine fünf Gehminuten von hier entfernt waren. Lieber hätte Nathalie diese unpersönliche Kette gemieden, aber woanders gab es nun mal keinen guten Kaffee.

»Ist hier noch frei?«, fragte jemand mit einer Stimme, die an Kermit den Frosch erinnerte. Als sie sich umdrehte, grinste Glenn sie breit an.

Lachend zeigte sie auf den Platz ihr gegenüber. »Nur, wenn du aufhörst, so zu reden.«

»Lässt sich einrichten«, sagte er und setzte sich hin. »Was trinkst du da?« Er zeigte auf ihre Tasse.

»Kaffee. Schwarz. Ohne alles.«

Glenn stutzte. »Darf man hier so was überhaupt bestellen? Oder sind die Automaten kaputt?«

»Nein, ich … ich wollte mich nur einstimmen«, antwortete sie.

»Einstimmen? Worauf denn?«, fragte er verwundert.

»Auf das einfache Leben.«

»Ich glaube, du musst schon ein bisschen mehr erzählen, wenn ich dir folgen können soll.«

Nathalie nickte. »Das hatte ich auch vor. Ich wollte dich nur erst mal ein bisschen neugierig machen.« Sie trank einen Schluck von ihrem Kaffee, während Glenn eine der vielen Spezialitäten des Hauses bestellte und die Kellnerin anwies, fettarme Milch aufzuschäumen und alles an echtem Zucker durch Süßstoff zu ersetzen. Dann drehte er sich mit seinem Stuhl wieder Nathalie zu, und sie fragte: »Du weißt doch, dass Tante Henrietta in Earlsraven dieses Lokal besaß, diese Kombination aus Pub, Imbiss, Pension und Café?«

»Ja«, bestätigte er. »Du hast davon erzählt, und wir wollten immer mal zusammen hinfahren, aber irgendwie hat das nie geklappt.«

»Leider«, sagte sie nachdenklich, da ihr zum ersten Mal bewusst wurde, dass sie ihre Tante nicht mehr in ihrem Lokal besucht hatte, seit sie Glenn kannte. Gesehen hatten sie sich nur, wenn Henrietta Nathalies Eltern besuchte, weil sie Zeit mit ihrer Schwester verbringen wollte. Aber die paar Male in den letzten gut zwei Jahren, bei denen sie Glenn vorgeschlagen hatte, einen Ausflug nach Earlsraven zu unternehmen, war immer irgendetwas dazwischengekommen – mal etwas Berufliches, mal Freikarten für irgendein Konzert. Und jetzt ... jetzt war es zu spät, denn jetzt würde Glenn keine Gelegenheit mehr bekommen, ihre Tante kennenzulernen.

»Was ist mit dem Pub? Oder Café?«, fragte er.

»Du wirst es nicht glauben«, redete sie weiter. »Tante Henrietta hat mir das Black Feather vermacht.«

»Was? Ist das dein Ernst?«, rief Glenn ungläubig.

»Ich konnte es im ersten Moment selbst nicht fassen.«

»Und ... und ... was wirst du machen? Nimmst du das Erbe an?«, hakte er nach. »Oder hast du es etwa schon angenommen? Das hast du nicht getan, oder? Bei solchen Objekten muss man sich erst mal ein Bild machen, wie die finanzielle Situation aussieht. Du kannst dir nicht ein Erbe aufbürden, auf dem eventuell ein paar Hunderttausend Pfund Schulden lasten. Oder das komplett saniert werden muss. Oder das auf einer alten Giftmülldeponie steht und nächste Woche vom Bulldozer plattgemacht wird. Oder ...«

»Langsam, Glenn«, fiel sie ihm ins Wort. »Ich habe das Erbe natürlich nicht sofort angenommen ...«

»Gut, sehr gut.«

»... aber ich habe es auch nicht sofort ausgeschlagen.«

»Okay.«

»Ich weiß Bescheid«, fuhr Nathalie fort. »Ich weiß, dass man ein Erbe erst einmal darauf prüft, ob es überhaupt irgendetwas abwirft oder ob man gleichzeitig eine millionenschwere Schadenersatzklage miterbt, die gegen einen entschieden wird. Ich habe studiert, ich kann Bilanzen und Steuererklärungen lesen und verstehen, Glenn.« Ungewollt wurde ihr Tonfall ein wenig ärgerlich.

Glenn sah sie erstaunt. »Schatz, das war nicht gegen dich gerichtet. Das ... das war ein Reflex. Seit damals ein guter Freund von mir gedankenlos ein Erbe angenommen und am Ende seine eigene Firma verloren hat, weil er auf einmal Schulden über Schulden am Hals hatte, reagiere ich etwas allergisch, wenn ich das Wort Erbe höre.«

»Keine Angst, ich habe nicht angenommen«, wiederholte sie. »Mr Orson ...«

»... der III. ...«, warf Glenn ein.

Sie nickte kurz. »... hat mir erklärt, dass im Black Feather noch ein Umschlag liegt, in dem die Bedingungen aufgelistet sind, die ich erfüllen muss, wenn ich das Lokal übernehmen will.«

»Hm? Warum kannst du das nicht sofort erfahren?«, wunderte er sich und nickte der Bedienung zu, die ihm ein kleines Kaffeekunstwerk hinstellte.

Nathalie konnte nur mit den Schultern zucken und damit die Geste nachahmen, mit der der Notar auf genau diese Frage reagiert hatte. Er selbst war zwar auch im Besitz eines zweiten Umschlags, aber den durfte er wiederum erst öffnen, wenn sie zum Black Feather gefahren war und den dort deponierten Umschlag abgeholt und geöffnet zu ihm gebracht hatte.

»Ich weiß es nicht, aber ich vermute, das ist so was wie ein persönliches Abschiedsgeschenk. Seit sie damals das Black Feather übernommen hatte, haben wir uns nicht mehr ganz so oft gesehen, aber davor hat sie mit mir von klein auf solche Spielchen getrieben – na ja, es waren keine Spiele im eigentlichen Sinn, es waren eher kleine Rätsel und Denkaufgaben, um mein Gehirn rotieren zu lassen. Du weißt schon, solche Aufgaben, bei denen man dreimal um die Ecke denken muss.«

Glenn lehnte sich nach hinten und verdrehte die Augen. »Oh Gott, du meinst solche Geschichten, bei denen dir erzählt wird, wie viele Leute an jedem Bahnhof ein- und aussteigen, und wenn du alles fleißig mitgerechnet hast, kommt dann die Frage, wie oft der Zug angehalten hat, richtig?«

»Ja, zum Einstieg so was, aber dann wurde das Niveau um ein Vielfaches gesteigert.« Sie trank ihren Kaffee aus und schob die Tasse weg. »Auf jeden Fall muss ich nach Earlsraven, damit ich weiß, was für Bedingungen das sind.«

»Kannst du nicht da anrufen und darum bitten, dass dir jemand den Umschlag schickt?«, schlug er vor.

»Geht nicht«, verneinte sie. »Ich muss den Empfang quittieren, und dann wird meine Unterschrift zum Notar gefaxt.«

Einen Moment lang dachte Glenn angestrengt nach. »Man könnte dir die Quittung rüberfaxen, du unterschreibst und faxt sie zurück, und dann wird sie von da aus an den Notar geschickt. Dann kann dir der Umschlag zugesandt werden, und du kannst dich ganz in Ruhe mit dem Inhalt befassen.«

Sie schüttelte den Kopf. »Glenn, ich *will* hinfahren. Ich suche nicht nach irgendwelchen Ausflüchten, um mir den Weg dahin zu ersparen. Das Black Feather war seit Jahren das Ein und Alles meiner Tante. Wenn sie es ausgerechnet mir vermacht, aber nicht meinen Eltern, dann ist das Mindeste, was ich im Gegenzug tun kann, hinzufahren, es mir anzusehen und mir den Umschlag aushändigen zu lassen. Außerdem liegt Earlsraven nicht am Ende der Welt. Wir haben keine tagelange Fahrt vor uns.«

»Schon okay, Nathalie.« Beschwichtigend hob er die Hände. »Ich will dich nicht davon abhalten, zum Lokal zu fahren und herauszufinden, was es mit diesen Bedingungen auf sich hat. Ich hatte nur eben den Eindruck, dass du lieber nicht hinwillst. Du warst so …, ich weiß nicht so recht … Es kam mir so vor, als würde dir nur kein brauchbares Argument gegen eine Fahrt zum Black Feather einfallen.«

Die Kellnerin kam an den Tisch und wollte Kaffee nachfüllen, aber Nathalie lehnte dankend ab und hielt vorsorglich eine Hand über die Tasse. So gern sie auch herkam, um einen guten Kaffee zu genießen, so wenig hatte sie für die Methoden übrig, mit denen versucht wurde, den Umsatz in die Höhe zu treiben. Dazu gehörte auch dieses unaufgeforderte Nachfüllen einer leeren Tasse mit schwarzem Kaffee, ganz ohne Rücksicht darauf, welche Sorte man zuvor getrunken hatte, und vor allem ohne einen Hinweis darauf, dass man für diesen

»Nachschlag« fast zwei Pfund bezahlen sollte. Sie war sich nicht sicher, ob das überhaupt den unzähligen Vorschriften entsprach, die jemand zweifellos beachten musste, wenn er eine Starbucks-Filiale führen wollte. Hätte sie ein eigenes Café, würde sie niemals … Moment mal, sie *hatte* ja ein Café. Jedenfalls so gut wie.

Zugegeben, da waren noch diese Bedingungen, die mit dem Erbe verknüpft waren, aber wie schlimm konnten die schon sein? Ihre Tante würde bestimmt nicht von ihr verlangen, dass sie den Dorfältesten heiratete und ihm vier Kinder schenkte. Und sie würde auch sicher nicht irgendwelche extremen Leistungen wie die Durchquerung des Ärmelkanals von ihr fordern.

Nein, das würden irgendwelche ganz harmlosen Dinge sein, zum Beispiel, dass sie niemals die Senfmarke wechseln durfte oder dass sie drei bestimmte Gerichte unbedingt auf die Speisekarte nehmen sollte.

»Was hältst du davon, wenn wir am Samstag hinfahren?«, fragte Nathalie spontan.

»Du meinst den nächsten Samstag? Den in … drei Tagen?«

»Ja, den meine ich.« Bis vor dreißig Sekunden hatten sie für das Wochenende noch keine Pläne geschmiedet, und es musste ja schon mit dem Teufel zugehen, wenn in den nächsten fünf Sekunden noch etwas auftauchen sollte. Oder in zehn Sekunden. Oder in zwanzig und mehr. So lange brauchte Glenn, um auf ihre Frage zu antworten. Nach einer scheinbaren Ewigkeit nickte er schließlich.

»Okay, können wir machen«, erklärte er und nickte noch einmal bekräftigend. »Schwebt dir eine bestimmte Uhrzeit vor?«

Nathalie verzog den Mund. »Früh. Vielleicht gegen acht Uhr? Ungefähr drei Stunden werden wir für die

Strecke brauchen, dann sind wir mit einer Pause spätestens gegen Mittag da. Auf diese Weise kann ich mir auch gleich ein Bild davon machen, wie viel Gäste zur Mittagszeit da hingehen.«

»Alles klar, dann statten wir am Samstag deinem Möglicherweise-Erbe einen Besuch ab«, stimmte er ihr zu. »Das wird bestimmt unterhaltsam werden.«

»Das will ich hoffen«, gab sie etwas ernster zurück. »Es würde mir gar nicht passen, wenn ich da aufkreuze, den ganzen Laden unter die Lupe nehme und feststelle, dass ich ihn sofort schließen und alle Angestellten entlassen muss, weil die ganze Bude schon längst hoffnungslos in den roten Zahlen steckt.«

»Ich glaube nicht, dass das die Überraschung ist, die deine Tante für dich vorgesehen hat«, beteuerte Glenn.

»Ich glaube es ja auch nicht«, entgegnete Nathalie. »Sie hätte bestimmt nicht das Lokal so viele Jahre lang erfolgreich geführt, nur um drei Tage vor ihrem Tod die Überschuldung zu bemerken. Da bin ich mir völlig sicher. Aber es widerstrebt mir, mich einfach auf das zu verlassen, was die Logik sagt. Weißt du, es ist nicht so, als wollte ich meiner Tante etwas unterstellen. Aber was soll ich tun, wenn ich das Erbe blindlings annehme, und am nächsten Tag stellt sich irgendein Igor oder ein Mister Chang bei mir vor, um mir zu enthüllen, dass die Russen- oder die Chinesenmafia so nett war, meiner Tante mit … sagen wir mal … dreißigtausend Pfund unter die Arme zu greifen, um das überschuldete Lokal zu retten?«

»Warum sollte irgendeine Mafia so etwas tun?«, fragte Glenn verdutzt. »Die haben doch Besseres zu tun.«

»Vielleicht haben sie es auf das Grundstück abgesehen«, sagte sie. »Vielleicht wollen die Jungs da ein Luxushotel hinsetzen. Du weißt, die Mafia ist kein gemeinnützige Verein, die verfolgt nur eigene Interessen. Die leihen meiner Tante das Geld, sie geht darauf ein, und nach vier Raten heißt es auf einmal: ›Wir müssen unser Geld morgen zurückbekommen, sonst gehört uns dieses hübsche kleine Häuschen.‹«

»Theoretisch wäre das wohl möglich«, räumte er ein. »Aber ich glaube, deine Tante hätte noch ganz schnell ihr Testament geändert, um dich vor so etwas zu bewahren.«

»Wie gesagt, ich will es hoffen«, wiederholte Nathalie. »Aber du weißt ja: Vertrauen ist gut, Kontrolle ist besser.«

Zweites Kapitel, in dem Nathalie ein Wiedersehen mit der Vergangenheit erlebt

»Da vorn ist es«, sagte Glenn und warf einen Blick auf die Uhr im Armaturenbrett. »Kurz vor halb zwölf. Das geht ja noch. Damit sind wir knapp unter drei Stunden geblieben.«

»Aber auch nur, weil uns heute kein Berufsverkehr in die Quere kommen konnte«, erwiderte Nathalie. »Unter der Woche würde das wohl nicht klappen.«

Sie waren zum größten Teil über die Autobahn gefahren, die zu beiden Seiten von Bürobauten gesäumt wurde. Dort, wo früher Kleingärten gehegt und gepflegt worden und kleine Handwerksbetriebe zu Hause gewesen waren, wo Fabriken gestanden hatten, gab es nun kaum noch etwas anderes als kühle, kantige Klötze aus Stahl und Glas. Sie sahen sich zum Verwechseln ähnlich und unterschieden sich auch inhaltlich nicht sehr voneinander, siedelten sich in den Neubauten doch fast nur Unternehmen an, die in irgendeiner Weise mit dem Internet zu tun hatten. Unternehmen, deren Mitarbeiter sich besonders fortschrittlich und umweltbewusst gaben, indem sie E-Bikes, Segways oder Elektroautos fuhren.

Der Anblick dieser Bauten stimmte Nathalie jedes Mal aufs Neue melancholisch. Sie war offen für neue technische Entwicklungen, das war gar keine Frage. Und doch hing sie auch an alten, lieb gewonnenen Dingen – und wenn es nur die Autowerkstatt um die Ecke war, in der auf engstem Raum jeder fahrbare Untersatz instand gesetzt wurde, ohne dass man dafür ein Vermögen ausgeben musste. Dass sie in einer solchen Werkstatt nicht von einer modisch gekleideten Empfangsdame mit einem Cappuccino und einem kleinen Teller Feingebäck empfangen wurde, sondern von einem Mann mit rotem Gesicht und zerzaustem Haar, mit Overall und ölverschmierten Händen, das machte ihr nichts aus. Alles war besser als diese durchkonzipierten Erlebniswelten, bei denen eine Reklamation mit einem aufgesetzten Lächeln entgegengenommen, dann aber ohne jede Reaktion zu den Akten gelegt wurde.

Erst als sie nur noch gut fünfzig Meilen bis zu ihrem Ziel zu fahren gehabt hatten, hatte sich die Kulisse links und rechts der Straße spürbar verändert. Sie waren auf eine gut ausgebaute Landstraße übergewechselt, die auf einigen Abschnitten, ähnlich wie eine Autobahn, vierspurig ausgebaut und aus Sicherheitsgründen mit einer Mittelleitplanke versehen worden war.

Zu beiden Seiten erstreckte sich die vertraute und geliebte Landschaft aus sanften grünen Hügeln und Wäldern. Hier und da grasten auf den weitläufigen Wiesen Schafherden, die auf die große Entfernung nur als gräulich-weißes Gewusel zu erkennen waren.

Die Region rund um Earlsraven, die offiziell den wenig reizvollen Namen Dead Crows Yard trug, war, aus nördlicher Richtung kommend, so etwas wie das Vorzimmer von Cornwall, nur dass hier alles ein wenig urtümlicher wirkte, nicht so auf Hochglanz poliert wie Cornwall selbst. Natürlich konnte der Landstrich nichts dafür, aber auf Nathalie wirkte die bei Touristen in aller Welt so beliebte Ecke Englands weitestgehend uninteressant. Hätte sie nur ein paar Beispiele dafür liefern müssen, was die beiden Regionen so gravierend voneinander unterschied, wäre sie jegliche Antwort schuldig geblieben. Etwas Greifbares gab es nicht zu nennen, und sie konnte ihre persönliche Abneigung gegen Cornwall nur damit erklären, dass sie es nie gemocht hatte, dass alle Welt dorthin fuhr, um Urlaub zu machen, dabei aber Earlsraven und die vielen anderen Ortschaften links liegen ließ.

Der besondere Reiz dieser hügeligen Landschaft lag für Nathalie darin, dass man immer das Gefühl von Ruhe und Abgeschiedenheit hatte, auch wenn das nächste Dorf gleich hinter der Hügelkuppe lag, die einem auf angenehme Weise die Sicht versperrte. Wenn man mit dem Auto oder auch nur mit dem Fahrrad unterwegs war, konnte man den Nachbarort innerhalb von wenigen Minuten erreichen, und selbst zu Fuß waren die meisten Strecken nicht sehr lang, wenn man ausgiebige Spaziergänge gewöhnt war. Man befand sich also nie wirklich am Ende der Welt, aber wenn man wollte, konnte man sich so fühlen.

Sie fuhren an dem wenig schmucken Ortsschild von Earlsraven vorbei.

»Hm«, machte sie. »Hier erwartet man eigentlich ein uraltes Holzschild mit verschnörkelten Buchstaben, das an zwei kurzen Ketten aufgehängt ist und leise knarrt, wenn es von einer Windböe bewegt wird.«

Glenn schüttelte leicht den Kopf und grinste vor sich hin. »Solche Gedanken würde ich eigentlich nicht von einer Frau erwarten, deren Fachgebiet Statistik ist.«

Sie zog eine Augenbraue hoch und ließ den Anflug eines Lächelns erkennen. »Und welche würdest du erwarten?«

»Na, du weißt schon«, erklärte er. »Eine Auflistung, wie viele Leute hier leben, wie alt sie im Durchschnitt werden, wie das Pro-Kopf-Einkommen ist und so weiter. Die nüchternen Fakten halt.«

Nathalie lachte. »Das ist mein Beruf, aber du weißt, dass ich den im Büro lasse, wenn ich Feierabend mache.«

»Nicht so ganz«, erwiderte Glenn.

»Wie meinst du das?«, fragte sie verwundert und ein wenig erschrocken. Sie war sich sicher gewesen, dass sie zu Hause nicht viel von ihrer Arbeit erzählte.

Glenn lächelte sie verschmitzt an. »Ich weiß, das ist dir nicht bewusst, aber es gibt Tage, an denen kaum ein Satz vergeht, den du nicht mit ›statistisch gesehen …‹ beginnst.« Er zwinkerte ihr zu. »Ist nicht als Kritik gemeint, Liebes, und du sollst dir das auch nicht zu Herzen nehmen. Ich will damit nur sagen, dass du deinen Job schon mit Leib und Seele machst.«

»Na ja, das stimmt«, pflichtete sie ihm bei. »Aber das war mir gar nicht bewusst.« Sie schüttelte flüchtig den Kopf und beschloss, künftig trotzdem darauf zu achten, diese Formulierung zu vermeiden. Auch wenn sich Glenn nicht daran störte, tat sie es doch umso mehr.

Sie zeigte nach vorn. »Da, wo die Straße einen Knick nach rechts macht, musst du scharf links abbiegen.«

Sie folgten der leichten Rechtskurve, bis Glenn den kleinen Wegweiser entdeckte, der auf das »Dorfzentrum« aufmerksam machte. Während er Gas wegnahm, fiel sein Blick auf eine lang gestreckte Parkbucht gleich hinter der Abzweigung, und dann sah er auch das Schild »Parken nur für Gäste des Black Feather«.

»Aber da ist doch ...«, begann er und stellte den Blinker wieder ab.

»Ja, das schon, aber du musst hier abbiegen«, fiel Nathalie ihm nachdrücklich ins Wort, da sich die Abzweigung unerbittlich näherte und sie zu schnell sein würden, um in die enge Straße abbiegen zu können. »Ich kenn mich hier aus!«

Irritiert sah Glenn sie kurz an, dann musste er härter abbremsen als gewollt, da er sonst tatsächlich die Abzweigung verpasst hätte. Nathalie klammerte sich am Griff über der Beifahrertür fest, damit sie nicht gegen Glenn rutschen und ihn beim Lenken behindern konnte.

»Himmel, das ist ja fast so, als würde man in eine Haarnadelkurve fahren«, brummte er.

»Wo wolltest du hin?«, fragte sie verwundert. »Ich hatte doch gesagt, dass du hier einbiegen sollst. Warum hast du wieder Gas gegeben?«

»Weil wir genau *vor* dem Black Feather abgebogen sind«, erwiderte er. »Zwanzig Meter weiter hätte ich auf den Parkplatz abbiegen können. Ich weiß nicht, warum wir hier lang fahren sollen. Hier ist doch überhaupt nichts.«

Tatsächlich war nichts zu sehen, zumindest nichts außer meterhohen Hecken, die so dicht waren, dass man auf keiner Seite der schmalen Straße erkennen konnte, was sich dahinter verbarg.

»Glenn, ich weiß, wie wir fahren müssen«, versicherte Nathalie ihrem Freund geduldig. »Ich war hier schon ein paar Mal.«

»Aber da vorn war doch der Parkplatz ...«, beharrte er.

»Das ist der Parkplatz auf der Pub-Seite, von dem aus kannst du nur wieder auf deine Fahrbahn zurückkehren. Du kannst da nicht wenden, weil die Stelle zu unübersichtlich ist. Das heißt, du musst an Earlsraven vorbeifahren und der Straße noch wer weiß wie viele Meilen folgen, bevor es eine Gelegenheit gibt, um zu wenden. Da geht es nur noch mit Kurven weiter, bei denen du bis zum letzten Moment nicht sehen kannst, ob da jemand entgegenkommt.« Sie machte eine Geste hin zu der schmalen Straße, die durch die hohen Hecken heute noch genauso beengend auf sie wirkte wie bei ihrem ersten Besuch im Black Feather vor vielen, vielen Jahren.

»Dann ist das nur der Parkplatz für Durchreisende?«

Sie nickte.

»Und was machen die Leute, die aus der Gegenrichtung kommen und anhalten wollen? Die können doch auch nicht wenden, und selbst wenn, müssten sie anschließend in die falsche Richtung weiterfahren.«

»Die parken auf der gegenüberliegenden Seite und gelangen über eine Holzbrücke zum Black Feather.«

»Eine Brücke?« Er stieß einen anerkennenden Pfiff aus. »Der Laden muss ja eine wahre Goldgrube sein. Da kannst du dir das beste Kaufangebot herauspicken.«

»Sofern ich überhaupt verkaufen will«, gab sie zurück und merkte, dass Glenn angesichts ihrer Antwort stutzte. Aber was er in diesem Moment eigentlich erwidern wollte, sollte sie nicht erfahren, da ihnen aus der nächsten Kurve wie aus dem Nichts ein Linienbus entgegengeschossen kam, der ihren Freund zu einem hastigen Ausweichmanöver zwang. Dabei geriet sein Range Rover mit den linken Rändern auf den Grünstreifen am Fahrbahnrand. Wütend und doch erleichtert, dass nichts passiert war, schimpfte Glenn dem Bus hinterher.

Sie fuhren weiter. Zur Linken zweigte eine Straße ab, und mit ihr endete auch die hohe Hecke. Der Blick wurde freigegeben auf einen gemütlichen kleinen Marktplatz mit einer Handvoll Verkaufsständen. Eingerahmt wurde der Platz von einem Karree aus Bäumen, die vor vielen Jahrzehnten gepflanzt worden sein mussten. Zumindest erweckten die imposanten Gewächse diesen Eindruck, die zum Teil die Sicht auf die malerischen Häuser zu drei Seiten des Platzes verdeckten. Im Vorbeifahren konnte Nathalie den Metzger, die Boutique und den Pub erkennen.

Dann musste sie sich auch schon wieder auf die Straße konzentrieren und sagte zu Glenn: »Da drüben musst du rechts abbiegen.«

»Ich weiß«, murmelte er und grinste sie flüchtig an. »Mir ist das Schild nicht entgangen, das uns den Weg weist.«

Tatsächlich befand sich vor der flachen Mauer, die den Garten des Eckhauses umgab, eine in Schwarz gehaltene Tafel, auf die mit einer feinen weißen Linie die Konturen einer Feder gezeichnet waren, darunter stand in einem unauffälligen Beige-Ton der Name »Black Feather« geschrieben.

Die Straße, die zum Lokal führte, war ungewöhnlich breit, was auch Glenn auffiel. »Seltsam«, murmelte er. »Das müsste doch eigentlich genau so eine Gasse sein wie die beiden linken Abzweigungen.«

»Das war es auch mal«, entgegnete Nathalie. »Aber dann kamen immer mehr Gäste zum Lokal, und dadurch entstand hier ein solches Chaos, dass Tante Henrietta den Hausbesitzern auf beiden Seiten jeweils einen Streifen von einem Meter Breite abgekauft hat, um der Gemeinde zu ermöglichen, hier eine zweite Fahrspur einzurichten.«

Während sie sich dem Ende der Seitenstraße näherten, konnte Glenn nur ungläubig dreinschauen. »Und das … das haben … das haben alle mitgemacht? Oder haben die Anwohner den Preis noch schnell in die Höhe getrieben?«

»Soweit ich weiß, ist das alles friedlich und einvernehmlich abgelaufen«, sagte sie. »Auf dem Umweg über die Gemeinde profitieren ja auch alle von den Steuereinnahmen des Lokals. Hätten sie damals nicht der Verbreiterung zugestimmt, wäre es in der Straße hier regelmäßig zum Verkehrsinfarkt gekommen. Wer zweimal in so etwas gerät, der wird nicht versuchen, ein drittes Mal das Black Feather anzusteuern, sondern ein anderes Ziel wählen.«

»Kann ich gut verstehen«, pflichtete Glenn ihr bei. »Das spricht aber doch auch dafür, dass das Lokal bestens laufen muss. Sonst hätte sie nicht so viel Geld ausgeben können.«

»Stimmt schon, Glenn, aber ein Geschäft kann nach außen hin den Eindruck machen, dass da alles bestens läuft, während im Hintergrund immer neue Kredite aufgenommen werden, um bestehende Schulden zu tilgen. So was kann lange Zeit gut gehen, und auf einmal kommt der große Knall, und es ist Schluss.«

»Warum bist du so pessimistisch?«, fragte er.

»Ich bin nur realistisch«, betonte sie. »Ich sage nicht, dass alles ganz übel ausgehen wird. Aber Vorsicht ist besser als Nachsicht.«

Oder kam da mal wieder die Statistikerin in ihr durch? Nathalie beschloss, dass das in diesem Fall vielleicht nicht das Schlechteste war. Entzückt sah sie aus dem Fenster und bewunderte einmal mehr diese grandiosen und bis ins Detail liebevoll gestalteten Gärten, die sie noch von früheren Besuchen her kannte. Zu gern hätte sie sich genauer umgesehen und sich die Namen der zahlreichen Blumen nennen lassen, die mal wild durcheinander, mal nach Farben sortiert blühten. Bislang war so etwas nie möglich gewesen, da ihre Besuche – ob bereits allein oder noch gemeinsam mit ihren Eltern – immer Henrietta gegolten hatten, aber nicht den wildfremden Menschen, die links und rechts von ihr wohnten.

Sie kamen am Ende der Straße an und fanden den Parkplatz, an den eine Wiese und dann die Terrasse angrenzten. Dahinter erhob sich fast majestätisch das eigentliche Gasthaus, ein lang gestrecktes Fachwerkhaus, das in seinem ursprünglichen Zustand belassen worden war: Weiß verputzte Flächen wurden eingerahmt von schwarz gestrichenen Holzbalken, die in einem komplexen Muster angeordnet waren, das sich über die ganze Fassade, vom Erdgeschoss bis in den zweiten Stock, erstreckte. Fast willkürlich waren Fenster überall dort eingesetzt worden, wo das Geflecht aus Balken es zuließ. Beim Anblick hätten vermutlich viele jüngere Architekten die Augen entsetzt abgewandt, dabei war es gerade diese Individualität, die den Charme eines solchen Bauwerks ausmachte.

Obenauf saß ein spitz zulaufendes Satteldach mit dunkelgrauen Schindeln und einer ganzen Batterie an Schornsteinen, die an ein Hexenhäuschen aus einem Kinderbuch erinnerte. Links vom Hauptgebäude befand sich der verschachtelte Anbau, der über die Jahrzehnte hinweg immer wieder mal erweitert worden war, um Platz im Haus zu schaffen. In diesem Wirrwarr, das einem unwissenden Betrachter wie wahllos aufeinandergestapelte riesige Kartons vorkommen musste, befanden sich unter anderem die Wohnung ihrer Tante sowie ausgelagerte Teile der Küche und der Backstube, da die vorhandenen Räumlichkeiten längst nicht mehr ausreichten, um der Besucherscharen Herr zu werden.

Nathalie wusste, auch diese Tatsache sprach dafür, dass das Black Feather auf eine lange Erfolgsgeschichte zurückblicken konnte und es eigentlich mit keinerlei Risiko verbunden sein dürfte, das Lokal zu übernehmen. Andererseits hielt sie sich auch vor Augen, dass schon weltweit arbeitende Konzerne plötzlich gestrauchelt waren, bei denen niemand auch nur einen Penny auf einen baldigen Konkurs gewettet hätte.

Nein, ihr Entschluss stand fest, und daran würde sich auch nichts ändern. Sie würde dieses Erbe auf Herz und Nieren prüfen, um Gewissheit zu haben, dass sie die richtige Entscheidung traf. Eine überhastete Zusage konnte schließlich zur Folge haben, dass sie für den Rest ihres Lebens Schulden abzahlen durfte, die sie nie angehäuft hatte.

Nathalie betrachtete versonnen das Gebäude. Sie hatte es geliebt, seit sie als kleines Mädchen die Ferien bei ihrer Tante verbracht hatte. Jetzt war dieser Traum zum Greifen nahe, aber sie würde sich noch zurückhalten müssen. Ein paar Tage noch, und dann wusste sie, ob sie hierbleiben oder nach Liverpool zurückkehren würde.

»Der Laden scheint ja von selbst zu laufen«, merkte Glenn an, nachdem sie ausgestiegen waren. »Wenn man den Trubel hier sieht, möchte man gar nicht glauben, dass deine Tante tatsächlich tot ist.«

»Tante Henrietta hatte ein gutes Gespür, was Geschäftliches anging«, bestätigte Nathalie und drückte die Wagentür zu. In dem Moment flog eine Amsel meckernd an ihr vorbei und landete auf der niedrigen Hecke, die vor den Stellplätzen verlief. Dort blieb sie sitzen, zuckte mit den Flügeln und beschwerte sich lautstark über irgendetwas. Nathalie betrachtete den hübschen schwarzen Vogel mit dem leuchtend orangefarbenen Schnabel.

»Was ist das? Ein Minirabe?«, fragte Glenn amüsiert.

Nathalie drehte sich verdutzt um. »Ernsthaft?«

Er zuckte mit den Schultern. »Raben sind doch schwarz.«

Sie schüttelte den Kopf. »Glenn, hast du noch nie eine Amsel gesehen?«

»Ist das eine?«, fragte er zögerlich und verzog den Mund. »Na, jedenfalls freut sie sich offenbar, dich zu sehen.«

»Sie freut sich nicht«, betonte Nathalie. »Sie regt sich über etwas auf. Bestimmt schleicht hier irgendwo eine Katze rum.«

»Aha«, machte er und schien zu warten, dass Nathalie noch irgendetwas sagte.

Dazu war sie allerdings zu verdutzt, weil sie gedacht hätte, dass Glenn sich mit Tieren zumindest ein wenig auskannte. Andererseits war er in der Stadt aufgewachsen, und im Urlaub waren seine Eltern früher mit ihm ans Meer gefahren. Am Strand und im Wasser war er da allenfalls ein paar Möwen begegnet, woher sollte er also eine Amsel kennen? Obwohl … die Amsel war nun sicher kein Exot unter den heimischen Vögeln.

Für Nathalie genügte ein Blick, und sie wusste bei der Mehrzahl der Vögel, wen sie da vor sich hatte. Als Kind hatte sie viel Erfahrung sammeln können, da ihre Eltern gleich neben einer Tierarztpraxis gewohnt hatten. Jedes Jahr im Frühling, wenn die Brutzeit angefangen hatte, kamen Dutzende von Leuten in die Praxis, um aus dem Nest gefallene Vögel abzugeben, die sie irgendwo am Straßenrand gefunden und mitgenommen hatten, um sie vor den unzähligen Gefahren zu bewahren.

Von klein auf war Nathalie mit großem Eifer ans Werk gegangen, um reihenweise junge Spatzen, Meisen, Amseln und unzählige andere Arten mit Aufzuchtfutter,

Brei, Eigelb und toten Insekten zu füttern. Anfangs hatte sie das nur gemacht, wenn sie nach dem Unterricht in die Praxis hinüberging, aber nach einer Weile hatten sich ihre Eltern einverstanden erklärt, dass Nathalie die kaum gefiederten Pflegekinder mit nach Hause nahm, um sich besser um sie kümmern zu können.

Es war ein zeitraubende Arbeit gewesen, und sie hatte deshalb oft auf gemeinsame Unternehmungen mit ihren Freundinnen verzichten müssen, aber sie stand noch heute dazu, dass jeder gerettete Vogel, der später in die Freiheit entlassen werden konnte, dieses vergleichsweise unbedeutende Opfer wert gewesen war.

Seit sie allein lebte und ihre Wohnung näher an der Innenstadt lag, hatte sie zum einen keine Zeit mehr, rund um die Uhr einen Jungvogel zu versorgen, zum anderen gab es in der Umgebung so wenige Bäume, dass sie schon seit einer Ewigkeit keinen Vogel mehr gefunden hatte. Sollte es doch einmal vorkommen, konnte sie heutzutage wenigstens über das Internet schnell eine Pflegestelle finden.

Sie gingen weiter, immer noch verfolgt vom Zetern der Amsel, aber eine Katze konnte Nathalie auf Anhieb nirgends entdecken.

Als sie die ersten Tische hinter sich gelassen hatten und Nathalie sich ein Bild von deren Anordnung und von den Wegen vom Lokal auf die Terrasse gemacht hatte, musste sie sich zusammenreißen, keine der beiden Bedienungen anzusprechen. Sie war hier nicht die Chefin – jedenfalls noch nicht –, aber der kurze Blick auf die Abläufe hatte sie erkennen lassen, dass die jungen Frauen eigentlich mehr umherliefen als erforderlich. Ein, zwei kleine Änderungen würden ihnen die Arbeit spürbar erleichtern.

Hey, du bist hier nicht im Büro, ermahnte sie sich lautlos, aber es half nichts. Sie war noch nicht mal richtig angekommen und machte sich schon Gedanken darüber, wie sich die Arbeitsabläufe optimieren ließen.

Natürlich konnte das Black Feather mit Café und Pub im Erdgeschoss und Fremdenzimmern im ersten und zweiten Stock den modernen Hotels keine ernsthafte Konkurrenz machen, dafür war alles viel zu altmodisch und zu beengt, aber gerade das machte für viele Reisende den besonderen Reiz aus, sonst hätte die Pension nicht einen solchen Zulauf verbuchen können. Hier gab es auf den Zimmern einen Lichtschalter, eine Steckdose und im Winter einen Dreierstecker für einen mobilen Heizkörper, und das war dann auch schon alles. Kein Fernseher, kein Telefon, kein Zugang zum Internet. Dafür Blümchentapeten, natürlich leicht angegilbt, knarzende Betten, schwere dunkle Möbel, versehen mit kunstvollen Schnitzereien und Einlegearbeiten, Deckenlampen aus elfenbeinfarbenem Milchglas, die nur trübes Licht verbreiten konnten, und verschossene Teppiche auf dem nackten Holzboden, der kaum einen Schritt unkommentiert ließ.

Das Einzige, was störte, war der Funkmast auf der gegenüberliegenden Straßenseite. Entweder war es dem Landwirt egal gewesen, wie sehr der Mast auf seiner Weide die Landschaft verschandelte, oder er hatte so dringend das Geld benötigt, dass er einen solchen Schandfleck in Kauf nahm. Vielleicht aber hatte die Telefongesellschaft ja auch ein besonders großzügiges Angebot vorgelegt, denn ohne den Mast wäre vermutlich in ganz Earlsraven und Umgebung kein Handyempfang möglich gewesen.

Und doch: Es musste dieses Urtümliche, dieses Einfache sein, das sogar Autofahrer auf der Durchreise dazu verleitete, in Earlsraven anzuhalten und im Black Feather Rast zu machen oder sogar über Nacht zu bleiben.

Unwillkürlich fragte sich Nathalie, ob es überhaupt möglich war, irgendwelche Neuerungen einzuführen, ohne die bisherige Kundschaft zu verprellen. Interessant wäre auch eine statistische Auswertung, wie groß der Anteil der Stammkunden war und wie die Altersstruktur sich darstellte. Welche Gruppe fühlte sich vom Black Feather besonders angesprochen, welche überhaupt nicht? Und wie … »Schluss jetzt«, murmelte sie, als ihr auffiel, in welche Richtung ihre Gedanken mit ihr davongaloppieren wollten.

»Hast du was gesagt?«, fragte Glenn, der neben ihr stand und das Gebäude betrachtete.

»Wie? Oh, nein, nein, nicht so wichtig«, sagte sie. »Meine Gedanken hatten sich nur selbstständig gemacht.«

»Okay«, meinte er und deutete auf das Haus. »Es sieht wirklich gut aus. Ich glaube, es ist völlig egal, aus welchem Winkel man das Gebäude fotografiert, die Kaufinteressenten werden so oder so Schlange stehen.«

»Falls ich verkaufe«, wandte sie sofort ein. »Lass mich erst mal herausfinden, welche Bedingungen ich laut Testament noch erfüllen soll. Danach sehen wir weiter. Wenn das völlig absurde Forderungen sind, werde ich ablehnen und das Erbe ausschlagen.«

»Du hast doch gesagt, dass deine Tante dir am ehesten irgendein Um-drei-Ecken-Rätsel hinterlassen haben dürfte, das du lösen sollst«, hielt Glenn dagegen. »Mal bloß nicht den Teufel an die Wand.«

Sie verzog den Mund zu einem schiefen Grinsen. »Ja, du hast recht. Ich warte einfach ab, was auf mich zukommt.« Sie zeigte auf die Tür neben einem kleinen Schaufenster, in dem verschiedene Tabletts mit Keksen und Kleingebäck ausgestellt waren. »Da geht's zum Café.«

Als sie es betraten, stürmten tausend Erinnerungen auf Nathalie ein. Da links stand die gläserne Theke mit ihren drei Etagen mit Sahne-, Obst- und Buttercremetorten – manche mit Alkohol, manche ohne –, alle gebacken nach Rezepten, die ihre Tante in ganz Europa zusammengetragen hatte, vor allem aber in Frankreich und Deutschland. Diese Herkunft machte die Namen der Torten für die hiesige Kundschaft allerdings größtenteils unaussprechlich, weshalb sie auf die Idee gekommen war, jeder Kreation einen Vornamen zu geben und denen ein »Delight« anzuhängen. So gab es Tracy's Delight, eine Cremetorte, die mit dünnen Scheiben einer großen Teigrolle belegt und dann mit einem Guss überzogen worden war. Oder Henry's Delight, eine zum größten Teil aus Schokolade und Schokoladenteig gefertigte Torte, die ihre Herkunft in Wien haben sollte.

Diese Kühltheke für die Torten war schon immer viel zu klein für die große Auswahl gewesen, aber irgendwie hatte es trotzdem geklappt, alles dort unterzubringen. Das war heute nicht anders als vor vielen Jahren. Der restliche Platz wurde von den runden Tischen mit je vier Stühlen beansprucht, die alle dicht an dicht standen. Eigentlich hätte man auf gut ein Drittel der Tische verzichten sollen, um den übrigen Gästen ein bequemes Sitzen zu ermöglichen, doch das schien hier niemanden zu stören. Jetzt herrschte allerdings kein Gedränge, obwohl es Mittagszeit war und dann im Café auch ein paar pikante Pasteten angeboten wurden. Das lag eindeutig am schönen Wetter, denn auf der Terrasse waren noch allenfalls zwei oder drei Tische frei.

Im Café sorgten helle, frische Farben dafür, dass der Raum weitläufiger wirkte, als er tatsächlich war. Auch die normalerweise dunklen Balken, die der ohnehin niedrigen Decke etwas Erdrückendes verliehen, hatte man sonnengelb gestrichen, was wahre Wunder bewirkte.

»Sehr einladend«, fand Glenn, doch Nathalie war sich nicht sicher, wie sie seinen Tonfall deuten sollte.

Sie ließ die Bemerkung ihres Freundes unkommentiert, zumal das hier nicht der richtige Ort für eine Diskussion über den Umgang mit Ironie war. Stattdessen ging sie zur Theke.

Eine junge Frau war damit beschäftigt, zwei riesige Stücke Schokoladensahnetorte auf einem Teller unterzubringen, was einiges Zurechtrücken und -schieben bedeutete. Sie atmete tief durch, als sie damit fertig war, und sah auf.

»Einen Moment«, sagte sie. »Ich bediene Sie gleich. Ich muss nur die Bestellung an den Tisch da drüben bringen.«

»In Ordnung«, erwiderten Nathalie und Glenn gleichzeitig, dann sahen sie zu, wie die Angestellte den Teller zu einem Tisch brachte, an dem eine ältere Frau saß. Die war so schmächtig, dass sie sich beide nicht vorstellen konnten, wie sie gleich zwei Stücke Torte verspeisen wollte, zudem auch noch so hohe und breite Stücke.

»Was kann ich für Sie tun?«, fragte die junge Frau, während sie zur Theke zurückkam und dabei ihre langen roten Haare hochsteckte, da sich eben der Knoten gelöst hatte, von dem sie zusammengehalten worden waren.

»Mein Name ist Nathalie Ames«, erwiderte sie. »Ich bin die Nichte von Miss Wilkeson. Ich …«

»Sie sind gekommen?« Die blassgrünen Augen der Frau leuchteten vor Freude auf. »Das ist ja wunderbar. Dem Herrn sei Dank.« Sie sah zur Decke und bekreuzigte sich.

Nathalie sah Glenns Reaktion auf das Verhalten der jungen Frau, sie bemerkte das spöttische Grinsen, das seine Mundwinkel umspielte, und im gleichen Moment hatte sie eine verdammt gute Vorstellung davon, was er gleich sagen würde. Etwas, das aus seiner Sicht ein richtiger Brüller war, das aber die Gefühle dieser Frau tief verletzen konnte – auch wenn das keineswegs seine Absicht sein dürfte, sondern »nur« eine Nebenwirkung seiner Gedankenlosigkeit.

Bevor er den Mund aufmachen konnte, trat sie ihm mit dem Absatz energisch auf den Schuh. Ein verdutztes »Autsch« verriet ihr, dass sie einen Volltreffer gelandet hatte, denn sonst hätte er bloß gelacht oder irgendeine Bemerkung gemacht.

»Der Notar hat mir gesagt, dass hier bei Ihnen ein Umschlag für mich liegen soll«, redete Nathalie weiter, ohne auf das Stoßgebet einzugehen.

»Warten Sie hier, Miss Ames, ich hole Louise. Sie weiß da besser Bescheid.« Sie deutete auf den freien Tisch gleich hinter ihnen. »Vielleicht möchten Sie sich ja solange hinsetzen. Es könnte ein paar Minuten dauern, weil im Pub Hochbetrieb herrscht. Ich bin übrigens Megan. Megan Forrester.« Nach einer kurzen Denkpause fügte sie an: »Louise ist die Köchin.«

»Ja, ich weiß«, sagte Nathalie lächelnd und sah der Frau hinterher, die durch eine Schiebetür das Café verließ. Sie stieß Glenn an. »Komm, setzen wir uns hin«, forderte sie ihn auf. »Das kann eine Weile dauern, bis Louise zwischen zwei Bestellungen Zeit für uns findet.«

»Du kennst diese Louise?«, fragte Glenn, nachdem sie mit einem Tisch Abstand zu der älteren, spindeldürren Frau Platz genommen hatten.

»Nicht unmittelbar. Wenn ich allein oder mit meinen Eltern hier war, haben wir in Henriettas privaten Gästezimmern hinten im Anbau übernachtet, das Frühstück wurde uns gebracht, und wenn wir im Pub gegessen haben, dann haben wir von Louise so wenig gesehen wie von jedem anderen Koch in einem beliebigen Restaurant auch. Dem Namen nach kenne ich sie, und ich glaube, ich habe sie mal im Vorbeigehen gesehen. Aber gesprochen habe ich nie mit ihr, jedenfalls kann ich mich daran nicht erinnern.«

»Schon kurios«, überlegte er. »Da muss deine Tante erst sterben und dir ihr Lokal vermachen, damit du Leute kennenlernst, die du eigentlich seit Jahren kennen könntest.«

»Wer hätte ahnen sollen, dass mir das hier eines Tages vielleicht gehören würde?«

»Vielleicht?«

»Na ja, du weißt doch. Da kommen doch noch Bedingungen auf mich zu. Wenn ich die nicht erfülle ...«

Glenn nickte. »Ach, das meinst du. Ja, ich bin gespannt ...«

»Verzeihen Sie«, meldete sich auf einmal eine Stimme links von Nathalie zu Wort.

Sie drehte sich um und sah, dass sich die schmächtige, alte Frau ihnen zugewendet hatte.

»Ja, bitte?«

»Ich wollte Sie nicht belauschen, aber ich habe vorhin gehört, wie Sie zu Megan gesagt haben, dass Sie die Nichte von Henrietta sind.«

»Das ist richtig.«

»Dann möchte ich Ihnen mein Beileid aussprechen«, fuhr die Frau fort. »Henriettas Tod hat uns alle sehr getroffen. Und es kam so überraschend.«

»Von einem Lastwagen überfahren zu werden, ist ja auch nichts, womit man täglich rechnen muss«, erwiderte Nathalie. »Bei einer schweren Krankheit kann man sich wenigstens mit dem Gedanken befassen und sich innerlich vorbereiten. Aber ein Unfall ... das kommt so plötzlich.«

»Wenn es denn tatsächlich ein Unfall war«, wandte die Frau ein.

Nathalie wurde hellhörig. »Was soll das heißen?«

»Gar nichts«, sagte die Frau hastig und hob abwehrend die Hände. »Ich wollte damit nur sagen, dass man nie wissen kann.«

Als sich Nathalie zu Glenn umdrehte, zog der die Augenbrauen hoch und verdrehte leicht die Augen, womit er ihren ersten Eindruck von der Frau bestätigte. Vermutlich sah sie sich jeden Abend drei Krimiserien an, und deshalb vermutete sie hinter allem und jedem gleich ein Verbrechen.

»Verstehen Sie das bitte nicht falsch«, redete die Frau weiter, obwohl Nathalie sie gar nicht ansah. »Ich habe keine Ahnung, ob der Unfall mehr als nur ein Unfall war. Aber es geschehen so viele rätselhafte Dinge, dass man sich nie sicher sein kann, ob etwas wirklich so ist, wie es scheint – oder ob etwas ganz anderes dahintersteckt.« Sie trank einen Schluck Kaffee. »Sicher bin ich mir allerdings, was meinen Monet angeht.«

»Ihren Monet?«, fragten Nathalie und Glenn gleichzeitig und sahen sich die Frau genauer an. Sie war normal gekleidet, nicht ärmlich, aber auch nicht in teure Designerkleidung, obwohl ihre schmale Statur für diese Art von Kleidungsstücken ideal gewesen wäre. Aber sie sah nicht nach so viel Geld aus, dass sie sich zu Hause einen Monet an die Wand hängen konnte. Allerdings mochte dieser Eindruck auch völlig verkehrt sein …

»Es ist mein Monet, aber es ist nicht mein Monet.«

Bevor Nathalie nachfragen konnte, wie diese Bemerkung gemeint war, die für sie keinen Sinn ergab, rief von der anderen Seite des Lokals eine weitere Frauenstimme: »Nathalie Ames, da sind Sie ja!«

Nathalie drehte sich um und wusste sofort: Sie hatte die Köchin vor sich. Als sie die kompakt gebaute Frau mit dem grauen Bürstenhaarschnitt sah, konnte sie sich daran erinnern, ihr tatsächlich schon mal im Vorbeigehen begegnet zu sein.

»Ich bin …«

»… Louise Cartham«, führte Nathalie den Satz zu Ende und stand auf, um der Frau entgegenzugehen, die einen halben Kopf kleiner war als sie. »Das da ist mein Freund Glenn Astin.«

Beide nickten sich zu, dann wandte sich Louise wieder an Nathalie. »Schön, dass Sie so schnell kommen konnten. Wir sitzen hier alle auf glühenden Kohlen, weil wir nicht wissen, wie es weitergehen wird.«

»Das kann ich Ihnen auch noch nicht beantworten. Erst mal muss ich …«

»Ich weiß, der Umschlag«, unterbrach Louise sie lächelnd. »Kommen Sie, der liegt im Büro. Da können wir auch ungestört reden.« Dabei lächelte sie die Frau mit dem Monet an, der angeblich kein Monet war – oder vielleicht doch.

Die erwiderte das Lächeln und nickte, doch Nathalie war sich nicht sicher, ob das nur eine reflexartige Bewegung war oder ob sie weiter aufmerksam gelauscht hatte. Zum Glück war das aber auch nicht weiter wichtig, weil Louise ihr bedeutete, ihr zur Schiebetür zu folgen.

»Glenn, kommst du auch?«

Erstaunt hob er den Kopf. »Soll ich?«

»Warum nicht?«, fragte Nathalie.

Er zuckte mit den Schultern. »Ich dachte, du willst dir das vielleicht erst mal allein durchlesen.«

Sie schüttelte den Kopf. »Quatsch, nun komm schon.«

Durch die Schiebetür verließen sie das Café und betraten einen schmucklosen Gang, der zwischen Café und Pub verlief und die verschiedenen Räume wie Küche,

Büro und Pausenzimmer miteinander verband. Auffällig war auch die Breite dieses Gangs, die wohl notwendig war, um sich mit Tabletts und anderen sperrigen Dingen in den Händen überhaupt bewegen zu können.

Im Vorbeigehen konnte Nathalie einen Blick in den Schankraum des Pubs und in die Küche werfen, dann wurden sie auch schon unter einer schmalen Treppe zum ersten Stock hindurch in das Büro geführt, das nicht gerade ausladend war. Es reichte aber immerhin aus, um einen recht großen Schreibtisch und zahlreiche Aktenschränke unterzubringen, die den vorhandenen Platz optimal ausnutzten. Gerahmte Fotos von Gebirgslandschaften irgendwo auf der Welt schmückten die Wände. Auf den Schränken, die Nathalie bis zu den Schultern reichten, sowie auf dem Schreibtisch türmten und stapelten sich Papiere aller Art. Es lagen so viele Unterlagen auf den Möbeln, dass Nathalie sich unwillkürlich fragte, was sich dann eigentlich noch in den Aktenschränken befindet sollte.

»Das sieht vielleicht etwas unordentlich aus, ist es aber nicht«, erklärte Louise, die Nathalies Zögern bemerkt hatte. »Das ist alles nach einem System sortiert, das ich für Ihre Tante ausgearbeitet habe.«

»Sie?«, fragte Glenn verdutzt. »Ich dachte, Sie sind die Köchin.«

»Na und? In der Küche muss auch alles nach einem bestimmten System angeordnet sein, damit niemand nach dem Zucker greift und dann den Salzstreuer in der Hand hält. Ich bin eben eine Frau mit vielen Talenten«, ergänzte Louise und lächelte verschmitzt. Sie räusperte sich und schloss eine der Schreibtischschubladen auf, holte einen dicken Umschlag heraus und legte ihn auf den Tisch. An dem Umschlag war mit einer Büroklammer ein Blatt festgemacht, das Louise abzog und

Nathalie hinlegte. »Das müssen Sie unterschreiben. Damit bestätigen Sie, dass Sie diesen Umschlag erhalten haben.«

Nathalie griff nach dem Stift, setzte ihre Unterschrift auf die gestrichelte Linie, dann nahm die Köchin das Blatt wieder an sich, ging zu einem Faxgerät und legte es ein. Keine zwei Minuten später war das Fax durchgelaufen. »So, jetzt kann der Notar wieder ruhig schlafen«, meinte Louise mit einem Augenzwinkern.

Die Köchin ging zur Tür und drehte sich noch einmal um. »Wenn Sie alles in Ruhe gelesen haben, können Sie mir bitte Bescheid sagen, ob Sie schon wissen, wie Sie sich entscheiden werden. Sie wissen ja, wo Sie mich finden.«

»Notfalls frage ich mich durch«, gab Nathalie lächelnd zurück und wandte sich dem Schreibtisch zu, nahm Platz und betrachtete den Umschlag.

»Willst du ihn nicht aufmachen?«, erkundigte sich Glenn, als fünf Minuten später noch immer nichts geschehen war.

»Das sollte ich wohl besser machen, wie?«

Er nickte gemächlich. »Würde ich schon sagen.«

Sie atmete einmal tief durch, dann griff sie nach dem Brieföffner und setzte ihn an der zugeklebten Lasche an. »Jetzt wird's spannend.«

Drittes Kapitel, in dem Nathalie sich vorläufig im Black Feather einquartiert und Interessantes erfährt

»Unter spannend hätte ich mir etwas anderes vorgestellt«, merkte Glenn an, als er den Stapel Papier und die CD mit der Aufschrift »Sicherungskopie« sah.

»Zum Beispiel?«, gab sie mehr reflexartig zurück, während sie die Papiere auf der freigeräumten Schreibtischunterlage verteilte.

»Zum Beispiel eine DVD, auf der deine Tante dir Anweisungen gibt – und danach zerstört sich die DVD selbst, damit niemand etwas nachweisen kann.«

»M-hm«, machte Nathalie, ohne tatsächlich zugehört zu haben. »Ah, hier ist das Schreiben mit den Bedingungen, die mit dem Erbe verbunden sind. Mal sehen … also …«

Liebe Nathalie, wenn du diese Zeilen in den Händen hältst, dann ist leider etwas eingetreten, was ich gern noch lange vor mir hergeschoben hätte …

»Aha, also … wenn ich das Erbe annehme, darf ich das Black Feather nicht sofort verkaufen oder verpachten … ich muss es ein Jahr lang selbst führen, danach darf ich es verpachten …

und wenn ich es fünf Jahre lang führe, darf ich es auch verkaufen … Ausnahme in beiden Fällen, wenn ich Verlust mache …«

»Dann machst du eben Verluste«, warf Glenn ein. »Du schließt den Laden für zwei Wochen, um zu renovieren, kaufst ein paar Eimer Farbe, und aus den zwei Wochen werden zwei Monate, weil du nur am Wochenende herkommen kannst. Und dann kannst du das Lokal einfach verkaufen.«

»… die im laufenden Geschäftsbetrieb entstehen, also nicht durch vorsätzlich herbeigeführte Ausfallzeiten wie beispielsweise Renovierungen oder Umbaumaßnahmen«, redete Nathalie weiter, nachdem Glenn seinen überflüssigen Kommentar beigesteuert hatte. »Kannst du bitte so nett sein und mich entscheiden lassen, ob ich überhaupt verkaufen *will?*«

»Okay, geht klar. Aber du weißt doch eigentlich längst, dass du das Lokal gar nicht haben willst. Hier mitten im Nirgendwo. Überleg mal, wie weit der nächste vernünftige Schuhladen von hier entfernt ist.«

Amüsiert schüttelte sie den Kopf. »Okay, weiter im Text … ich muss mich verpflichten, so viele Produkte wie möglich im Dorf oder in der Region zu kaufen. Also Fleisch, Eier, Milch, Gemüse und so weiter.«

»Das wird teuer …«

»… und schont die Umwelt«, hielt Nathalie dagegen. »Außerdem macht Tante Henrietta das schon seit Jahren so, und bislang scheint das Black Feather Gewinne abzuwerfen.« Sie sah ihren Freund an. »Meine Tante war eine kluge Geschäftsfrau, soweit ich zurückdenken kann.«

»Okay, also bist du damit auch einverstanden, oder nicht?«

Sie nickte nachdrücklich. »Auf jeden Fall. Und hier steht, ich muss das eingestellte Personal weiterbeschäftigen …«

»*Das* wird aber tatsächlich teuer«, rief Glenn dazwischen, während er den Blick durch das Arbeitszimmer wandern ließ.

»Nein, wohl nicht. Hier ist ein Anhang mit allen Namen und entsprechenden Vermerken, wem ich in den nächsten fünf Jahren am ehesten kündigen darf … und natürlich kann ich immer noch jeden fristlos vor die Tür setzen, wenn sein Fehlverhalten es erfordert. Die Leute sind mir nicht ans Bein gekettet … sie sollen nur nicht im Ungewissen dastehen …«

»Noch mehr?«

»Ja, ich darf den Namen Black Feather nicht ändern, auch nicht, wenn jemand mir dafür viel Geld bietet, weil er seinen Firmennamen an der Tür sehen will.«

»Kann ich verstehen. Das würde den Leuten bestimmt nicht gefallen, wenn aus dem Pub hier das *Black Feather 2.0* würde.«

Sie nickte zustimmend. »Ich glaube, dann würden viele Gäste wegbleiben und nur noch die anhalten, die auf der Durchreise sind und denen es egal ist, wie der Laden heißt, in dem sie kurz Pause machen und was essen.« Nathalie deutete auf einen dicken Blätterstapel. »Das hier«, sagte sie, »sind Kopien der aktuellen betriebswirtschaftlichen Auswertung, die Tante Henrietta alle vier Wochen auf den neuesten Stand gebracht hat.«

»Was sollst du damit anfangen?«

Nathalie grinste ihn an. »Meine Tante hat wirklich an alles gedacht. Hör dir das an:

Diese Auswertungen sind immer auf dem neuesten Stand. Ich überlasse sie dir für den Fall, dass sich nach meinem Ableben jemand die Mühe machen sollte, die Buchführung so zu manipulieren, dass du beim Anblick der angeblichen Schulden froh bist, wenn du das Black Feather für ein paar Hundert Pfund loswirst. Wenn mein Steuerberater, dem ich grundsätzlich zwar vertraue, dir Zahlen zur wirtschaftlichen Lage des Black Feather vorlegt, die weit von diesen sehr positiven Zahlen abweichen, dann erwarte ich von dir, dass du einen Anwalt aufsuchst, der sich dieser Sache annimmt. Wie gesagt, ich würde für den Mann normalerweise die Hand ins Feuer legen, aber ich habe in meinem Leben immer wieder die Erfahrung machen müssen, dass Geld sehr leicht den Charakter verderben kann. Und je mehr Geld im Spiel ist, umso größer ist dieses Risiko. Du kennst auch meinen alten Wahlspruch: Man kann sich nicht mehr täuschen als in einem Menschen.«

Sie blätterte die Auswertungen durch und stieß einen anerkennenden Pfiff aus.

»So gut steht's um das Black Feather?«, erkundigte sich Glenn, verkniff sich diesmal aber jede Bemerkung zu einem möglichen Verkauf, als Nathalie nickte. »Das war alles an Bedingungen?«

»Ja … nein, warte, da ist noch ein zweites Blatt«, sagte sie und zog die Augenbrauen hoch, als könnte sie nicht fassen, dass es noch so viel anzumerken gab. Sie las den Brief laut vor:

»Zwei Dinge will ich dir noch mit auf den Weg geben. Erstens: Verlass dich auf dein Gefühl, wenn es dir sagt, dass an einer Sache etwas faul ist. Du wirst feststellen, dass dich dieses Gefühl in mindestens sechs von zehn Fällen auf die richtige Spur bringt. Zweitens: Steck deine Nase in die Angelegenheiten anderer. Nicht alle werden es dir danken, aber einige schon. Wenn das alles etwas verworren klingt, lass dich davon nicht entmutigen. Irgendwann wird der Moment kommen, in dem du den Sinn erkennst.«

Nathalie starrte auf diese Zeilen. »Wessen Angelegenheiten?«, murmelte sie, dann schüttelte sie den Kopf. »Das ist wieder typisch für Tante Henrietta. Erst in Rätseln reden, die kein Mensch begreift, und wenn du nachher die Lösung kennst, dann fragst du dich, wieso du nicht auf etwas so Offensichtliches kommen konntest.«

»Dafür muss man wohl eine besondere Begabung besitzen, um etwas so vage zu formulieren, dass es auf den ersten Blick alles sein könnte«, meinte Glenn. »Und? Was wirst du machen?«

»Ich bleibe.«

Erschrocken riss er die Augen auf. »Was? Ich … ich dachte, wir reden erst mal in Ruhe darüber …, und du musst dir doch erst diese ganzen Unterlagen ansehen, ob das überhaupt alles so stimmt … und … und ich …«

Nathalie konnte sich ein Lachen nicht verkneifen. »Keine Panik, Glenn«, redete sie beruhigend auf ihn ein. »Ich bleibe nicht für immer hier, ich wollte damit nur sagen, dass ich mich für ein paar Tage hier einquartieren möchte, um mir die Unterlagen des Steuerberaters anzusehen. Und ich will prüfen, in welchen Mengen was eingekauft wird, wie die Auslastung der Zimmer aussieht und so weiter. Alles, was statistisch ausgewertet werden kann. Und ich möchte mir einen Überblick über den aktuellen Schriftverkehr verschaffen, weil ich beispielsweise wissen muss, ob jemand Tante Henrietta verklagt hat, weil der Ketchup-Fleck auf seinem Hosenbein ein so traumatisches Erlebnis war, dass er sich seitdem in Therapie befindet. Oder sind irgendwelche Reparaturen am Gebäude zu erwarten? Hat sie zum Beispiel Sanierungsarbeiten in Auftrag gegeben, die erst in ein paar Wochen in Angriff genommen werden? Und ich will von der Gemeinde Informationen bekommen, ob die in ein paar Jahren die Landstraße verbreitern will und mir dafür den Parkplatz vor dem Haus wegnehmen wird. Ich muss Gewissheit haben, dass mir nicht sechzig oder siebzig Prozent Umsatz wegbrechen, weil da draußen in einem Jahr die Straße ausgebaut wird und die potenziellen Kunden hier vorbeirasen, weil sie keinen Parkplatz mehr haben, weil es keine Brücke für die Leute aus der Gegenrichtung gibt und weil die Zufahrt zum Dorf nach sonst wohin verlegt wird.« Sie zuckte flüchtig mit den Schultern. »Das alles kann ich nicht innerhalb von zwei Stunden herausfinden, um entscheiden zu können. Dafür werde ich ein paar Tage benötigen. Fahr du ruhig zurück nach Hause, ich werde am Montag im Büro anrufen und ein paar von meinen vielen, vielen Überstunden nehmen. Sobald ich hier durch bin, sage ich dir Bescheid, okay?«

»Damit ich dich abholen kann, richtig?«, fragte Glenn unüberhörbar besorgt.

»Glenn, ich hab's dir ja gerade gesagt«, antwortete sie und legte eine Hand auf seinen Arm. »Ich bleibe nicht für immer hier.« Sie sah, dass er beruhigt lächelte, und bekam unerwartet ein schlechtes Gewissen. Was, wenn sie genau das doch tun wollte? Wie würde er reagieren? Sie wischte die aufkommenden Bedenken beiseite und fügte an: »Komm, ich begleite dich noch zum Wagen.«

»Sollen wir nicht wenigstens noch was essen?«

Nathalie blieb stehen, legte den Kopf leicht schräg, als würde sie in sich hineinhorchen, dann erwidert sie: »Du hast recht. Eigentlich ist mein Magen kurz davor zu protestieren, aber das Ganze hier hat mich so sehr abgelenkt …«

Glenn nickte zufrieden. »Gut. Wo wir essen, weiß ich bereits. Jetzt stellt sich nur noch die Frage, ob die mögliche neue Chefin auch einen Tisch bekommt.«

Sie winkte ab und ging mit ihm nach draußen, erst am Rand der Terrasse blieb sie stehen. »Wir essen im Jim's Old Chair, drüben am Marktplatz.«

»Wie bitte?« Er schüttelte den Kopf und zeigte über die Schulter hinter sich. »Du hast dein eigenes Lokal, du kannst dich da drinnen wie die Queen persönlich hinsetzen und dich von deinen Angestellten hofieren lassen, wenn dir der Sinn danach steht.«

Sie zog ihn mit sich in Richtung Parkplatz, während sie erwiderte: »Genau danach steht mir aber nicht der Sinn, und es wäre genau das, was dann passieren würde.«

Er kratzte sich am Kopf und musste zusehen, dass sie ihm nicht davoneilte. »Wie? Ich verstehe das nicht.«

»Ist das nicht offensichtlich?« Sie sah ihn an, während sie weiterging. »Wenn ich mich jetzt in den Pub setze, da schrillt in der Küche die Alarmglocke. Jeder wird versuchen, sich von seiner besten Seite zu zeigen, weil die Leute wissen, wer ich bin. Ständig wird jemand an den Tisch kommen und fragen, ob wir mit dem Essen denn auch zufrieden und ob wir vielleicht noch was trinken möchten. Man wird mich die ganze Zeit beobachten und jeden zuckenden Mundwinkel zu deuten versuchen – ob mir vielleicht etwas nicht schmeckt oder ob mir das Fleisch zu trocken und das Gemüse zu matschig ist. Wenn, dann will ich mit dir in Ruhe essen gehen, ohne im Mittelpunkt des Geschehens zu stehen.«

»Hm«, machte Glenn und nickte schließlich bedächtig. »Du könntest recht haben.«

»Ich *habe* recht«, bekräftigte sie. »Lass uns zum Marktplatz rübergehen. Ein paar Schritte zu laufen, kann nicht schaden.«

Das Jim's Old Chair war in einem der gut zwei Dutzend Häuser untergebracht, die zu drei Seiten den Marktplatz umgaben. In gleich vier Ladenlokalen hatten sich Buchhändler niedergelassen, jeder auf sein Fachgebiet spezialisiert und mit einem umfangreichen Antiquariat ausgestattet. Ein Bäcker genoss außer an Markttagen das Monopol auf Backwaren, ebenso der Metzger, in dessen Kühltheke sich anders als im Supermarkt nicht das Fleisch türmte, sondern nur eine kleine Auswahl angeboten wurde. So wenig sich Nathalie für Metzgereien begeistern konnte, weil ihr die Tiere zu leidtaten, musste sie diesem Metzger zugutehalten, dass er vorwiegend Vorbestellungen annahm, damit nur so viele Schweine und Kühe geschlachtet wurden wie unbedingt nötig.

Einige Läden standen leer oder waren in Wohnungen umgewandelt worden, aber der Marktplatz machte nicht jenen verwaisten Eindruck, wie Nathalie ihn von manchen Straßenzügen in den Liverpooler Vororten kannte. Bei den meisten Gebäuden hatte man die Fachwerkfassade beibehalten, andere waren verklinkert oder mit dunklem Holz verkleidet worden. Wenn man davon absah, dass vor allem die Buchhändler im Schaufenster unübersehbar auf ihre Internetseiten hinwiesen, auf denen Interessierte auch außerhalb der Geschäftszeiten stöbern konnten, ließ sich eigentlich nicht erkennen, ob es einen nicht zufällig in die Siebziger- oder vielleicht sogar in die Fünfziger- oder Zwanzigerjahre des letzten Jahrhunderts verschlagen hatte. Einige Leute waren unterwegs, um Einkäufe zu erledigen, aber insgesamt ging es um diese Zeit recht ruhig zu.

Als sie den Pub betraten, drehten sich erst zwei der vorwiegend männlichen Gäste zu ihnen um, die stießen andere mit dem Ellbogen an, was sich weiter fortsetzte, bis alle sie und Glenn ansahen und sämtliche Gespräche verstummt waren.

»Ähm, hallo«, murmelte Nathalie etwas verunsichert und ließ sich von Glenn zu einem Tisch am Fenster mitziehen, wo er sie auf einen Stuhl drückte. Sie saß mit dem Rücken zu den anderen Gästen, aber deren anhaltendes Schweigen ließ keinen Zweifel darüber zu, dass sie immer noch von den Leuten angestarrt wurde. Nur langsam kamen die Gespräche wieder in Gang, und eine rothaarige Mittfünfzigerin mit Zigarette im Mundwinkel näherte sich ihrem Tisch.

»Was darf's sein?«, fragte sie und lächelte mehr reflexartig als wirklich freundlich.

»Ähm … was ist denn das Tagesgericht?«, entgegnete Nathalie und deutete auf eine Schiefertafel gleich neben der Tür, auf der das Tagesgericht zu einem günstigen Preis beworben wurde.

»Schweinbraten mit Kartoffeln.«

Nathalie sah Glenn an. »Was meinst du?«

»Ausnahmsweise kann ich das mal machen«, sagte er nach kurzem Überlegen.

»Gut, dann zweimal das Tagesgericht«, wandte sich Nathalie an die Wirtin. »Für mich ein … eine Limo.«

Die Rothaarige zog vielsagend eine Augenbraue hoch. »Eine Limo? Und der Herr?«

»Ein Wasser, bitte.«

»Alkoholfrei?«, kam als Reaktion, begleitet von einem bissigen Grinsen.

Glenn stutzte für einen winzigen Moment, dann erwiderte er: »Ja, und bitte auch entkoffeiniert.«

»Hm«, machte die Rothaarige und ging weg.

»Ich hoffe, im Black Feather wird man nicht so dumm angemacht, wenn man kein Bier bestellt«, sagte er zu Nathalie.

Sie zuckte mit den Schultern. »Ich schätze, hier gehen mehr Einheimische als Touristen hin, da ist man wohl bei Fremden nicht so erfreut, wenn die nicht gleich ein paar Bier trinken.« Nathalie atmete seufzend durch. »Manche Leute kann ich nicht verstehen, weißt du das?

Ich habe das vor Kurzem noch von meiner Nachbarin gehört. Von Mary, aus der Wohnung unter mir.« Während er nickte, redete sie weiter. »Die hat mit ein paar Freundinnen einen Radwanderurlaub durch Schottland gemacht. Egal, in welchem Dorf die drei Pause gemacht haben, so gut wie überall wurden sie in den Pubs abweisend behandelt und zumindest sehr argwöhnisch gemustert, wenn sie reinkamen. Einen guten Eindruck macht das nicht.«

»Na ja, vielleicht liegt's hier ja daran, wie wir angezogen sind«, gab Glenn zu bedenken.

Nathalie sah an sich herab. Erst jetzt wurde ihr bewusst, dass sie ganz automatisch nach grauer Stoffhose und Jackett gegriffen hatte, lediglich die flachen Schuhe hatte sie ganz gezielt ausgewählt, weil sie davon ausgegangen war, lange Zeit auf den Beinen zu sein und viel laufen zu müssen.

Wenn man davon absah, wirkte sie schon ein wenig wie eine Bankerin, also wie das weibliche Gegenstück zu Glenn, der das Gleiche in Dunkel trug, aber statt eines bunten T-Shirts ein weißes Hemd angezogen hatte. Lediglich auf die Krawatte hatte er verzichtet.

»Du hast recht«, murmelte sie. »Vielleicht reagieren sie so abweisend, weil sie uns für Banker halten, die auf der Suche nach Anlageobjekten für ihre Investoren sind.« Sie zog eine Augenbraue hoch. »Was du ja theoretisch sein könntest, so als echter Banker.«

Er nickte bestätigend. »Entweder das, oder sie verwechseln uns mit Agent Mulder und Agent Scully und denken, dass sich unter ihnen ein Außerirdischer befindet, den wir abholen wollen.«

»Ich hätte mir etwas Legereres anziehen sollen«, befand Nathalie.

Die Kellnerin kam zurück an den Tisch und stellte zwei Gläser hin. »… und ein Diätwasser für den Herrn«, sagte sie.

»Sogar ohne Zitrone, das ist schön«, kommentierte er nur und nickte der Frau zu.

Nachdem sie gegangen war, sagte er zu Nathalie: »Da bin ich mal gespannt, wie viel Essen es für den Spottpreis überhaupt geben wird. Und wie ich das mit meiner neuen Diät vereint bekomme.«

»Neue Diät?« Sie trank einen Schluck Limo, während sie ihn fragend ansah.

»Ja, in der letzten *Men's Health* wurde eine neue Diät von einem Ernährungsexperten aus Los Angeles beschrieben«, erklärte er. »Da isst man immer im Wechsel an einem Tag nur Fleisch und an nächsten Tag nur Gemüse oder Salat. Das soll die Muskulatur starken und die Haut straffen.«

»Ach, tatsächlich?«, murmelte Nathalie nur und musste sich ein Grinsen verkneifen. Offenbar waren solche Ernährungstipps und andere Ratschläge immer dann etwas zum Belächeln, wenn eine typische Frauenzeitschrift darüber schrieb. Aber sobald die *Men's Health* den Herren der Schöpfung eine Gesichtsmaske aus Gurke, Avocado oder Tomatenpüree empfahl, dann bestrich man sich tatsächlich das Gesicht damit.

Glenn dabei zuzuhören, wie er einen Ernährungstipp aus seinem Lieblingsmagazin zitierte, der zwei Monate zuvor in identischer Form in *Woman* oder anderen Blättchen erschienen war, hatte etwas unfreiwillig Komisches, und das wollte sie sich nicht nehmen lassen.

»Wie kann man bloß einen Teller so vollpacken?«, wunderte sich Glenn, als sie eine Stunde später aus dem Pub kamen und in Richtung Black Feather gingen, wo er seinen Wagen geparkt hatte. »Dass diese Bratensoße nicht an allen Seiten über den Rand gelaufen ist, wundert mich immer noch.«

»Du kannst dich aber nicht beschweren«, meinte Nathalie, die nur die Hälfte ihrer Portion geschafft hatte. »Für halb so viel hätten wir in jedem Lokal in Liverpool mindestens das Doppelte bezahlt.«

»Schon richtig. Aber nur, weil man hier anders kalkulieren kann, ist das doch kein Grund, einen mit dem Essen förmlich umzubringen«, hielt er dagegen und nahm ihre Hand.

»Glenn, jetzt krieg dich wieder ein«, sagte sie und lachte ausgelassen. »Niemand hat dich gezwungen, alles aufzuessen. Du hättest so viel liegen lassen können, wie du wolltest.«

»Es hat viel zu gut geschmeckt, als dass ich davon etwas hätte liegen lassen wollen!«, hielt er dagegen. »Und zum Dank habe ich das Gefühl, jeden Augenblick platzen zu müssen.«

»Ruf doch mal bei *Men's Health* an«, schlug sie vor und stieß ihn mit der Schulter an. »Die haben vielleicht ein Mittel dagegen.«

»Ach, ich werde einfach die nächsten Tage nur Salat essen und ein paar Kilometer mehr joggen«, meinte er und winkte gelassen ab.

Wenig später erreichten sie den Parkplatz. Glenn tippte auf eine Taste seiner Fernbedienung, daraufhin öffnete sich die Heckklappe des Range Rover und schwang weit auf. Zwei ältere Männer, die in ihren schmutzigen Arbeitsschuhen, Latzhose und robusten Jeanshemden so wirkten, als wären sie geradewegs vom nächsten Acker hergekommen, um im Café eine Pause zu machen, blieben stehen und verfolgten mit, wie die Klappe des Wagens aufging.

Glenn nickte ihnen zu, sie erwiderten die Geste, sagten aber nichts, während er sich vorbeugte und die beiden kleinen Reisetaschen nach vorn zog. Er machte eine der Taschen auf, gab einen zufriedenen Laut von sich und reichte die Tasche an Nathalie weiter. »Gut, dass wir die geniale Idee hatten, diese Notfalltaschen für uns beide zu packen, falls mal einer von uns unverhofft irgendwo übernachten muss. Oder will, wie in diesem Fall«, fügte er mit einem vielsagenden Blick an.

»Ich weiß, das gefällt dir nicht«, sagte sie. »Aber es geht nicht anders. Du würdest dich nur langweilen, während ich Bestände überprüfe und mir von der Küche auflisten lasse, wie viel wovon für ein einzelnes Gericht verbraucht wird.«

»Hey, als Banker bin ich langweilige Arbeiten gewöhnt. Auch wenn die meinem Arbeitgeber viel Geld und mir eine ordentliche Provision einbringen, es bleiben doch nervige Jobs.«

»Ja, ich weiß, was du meinst«, erwiderte sie mitfühlend. »Aber ich will das hier wirklich ganz in Ruhe erledigen, und du würdest mich nur ablenken.«

»Aber auf eine gute Art.« Er zog sie an sich und sah ihr in die Augen.

Sie nickte und lächelte ihn an. »Das will ich auch nicht abstreiten. Nur geht es ja genau darum. Ich kann keine Ablenkung gebrauchen, erst recht keine gute.«

Glenn seufzte und zog die Mundwinkel nach unten. »Daheim werden bestimmt alle weiblichen Singles ganz unruhig, wenn sie sehen, dass ich allein nach Hause komme.«

»Verriegel einfach die Tür, dann passiert schon nichts.«

Sie machten einen Schritt nach hinten, dann betätigte Glenn wieder die Fernbedienung, die Heckklappe senkte sich langsam und wurde ins Schloss gezogen. Die beiden mutmaßlichen Landwirte standen immer noch daneben und beobachteten das Schauspiel, dann nickten sie sich gegenseitig zu, so als seien sie von dem Ganzen wirklich tief beeindruckt.

»Ach, vor dem Beifahrersitz liegen noch meine bequemen Ballerinas, die kann ich hier gut gebrauchen«, sagte Nathalie. »Gibst du mir die bitte noch.«

»Wird sofort erled… Aaaaah!« Seine Worte endeten in einem entsetzten Aufschrei, als er um den Wagen herum auf die Beifahrerseite ging. »Was ist denn das?!«

Er hörte sich an, als hätte er soeben entdeckt, dass er einen Fußgänger erfasst und mitgeschleift hatte, ohne davon etwas bemerkt zu haben. Nathalie kam zu ihm und sah sich den Wagen an. Die Räder auf der linken Seite hatten irgendwo unterwegs Matsch aufgewirbelt, der an der Fahrertür und am hinteren Kotflügel klebte.

»Was ist das?«, wiederholte Glenn und hockte sich hin.

Einer der Landwirte, ein Mann mit grauem Vollbart und rötlichem Gesicht, kam einen Schritt näher und beugte sich vor. Nach einem prüfenden Blick auf den Wagen sagte er: »Das ist Morast.«

»Ich weiß selbst, was das ist!«, herrschte Glenn ihn an. »Ich will wissen, wo der herkommt und wieso der ausgerechnet an meinem Wagen kleben muss.«

»Wir sind auf dem Land, Glenn«, meinte Nathalie. »Aber … das ist doch nicht so schlimm.«

»Nicht so schlimm? Weißt du, wie schnell durch so was Lackschäden entstehen? Weißt du, was das kostet, diese Schäden zu beheben? Das ist eine Katastrophe!« Er beugte sich vor und betrachtete die Spritzer aus nächster Nähe. »Und das ist zum Teil sogar schon angetrocknet!«

»Geht das nicht mit Ihrer schönen Fernbedienung ab?«, fragte der andere Landwirt, der sich anders als sein Kollege das ironische Grinsen nicht allzu gut verkneifen konnte.

»Finden Sie das witzig?«, knurrte Glenn.

»Nein, das ist überhaupt nicht witzig«, antwortete der Bartlose. »Ich hasse das auch wie die Pest, wenn ich meinen Traktor poliert habe und dann übers matschige Feld fahre. Wie da anschließend alles versaut ist, das ist wirklich übel.«

»Wenn Sie nichts Besseres zu tun haben, als sich über mich lustig zu machen, dann können Sie jetzt gern weitergehen«, fuhr er die beiden älteren Männer an, aber die lachten nur noch ausgelassener.

Nathalie entging Glenns aufgebrachter Blick nicht, daher packte sie ihn am Arm und zog ihn ein Stück weit mit sich, bis sie außer Hörweite der beiden Landwirte waren, die immer noch irgendwelche Bemerkungen nachlegten. »Hör auf damit, Glenn. Du kannst nicht so mit den Leuten umgehen, die hier wohnen und die auch noch auf dem Weg in mein Lokal sind.« Sie stutzte für einen Sekundenbruchteil, weil ihr bewusst wurde, dass sie soeben von »ihrem« Lokal gesprochen hatte. Obwohl sie noch keine Ahnung hatte, wie es wirklich finanziell um das Black Feather bestellt war, verspürte sie eine Nähe zu dem Gebäude und indirekt auch zu ihrer geliebten Tante, die sich einfach nicht leugnen ließ … und die ihre Entscheidung womöglich durchaus beeinflussen würde. Und sie wusste, sie durfte nicht allein nach den nackten Zahlen gehen, sie musste auch auf ihren Instinkt hören. Glenn war der Unterton ihrer Worte nicht aufgefallen, da er sich noch zu sehr über die »Katastrophe« ereiferte, worüber sie auch froh war. Sonst wäre er mit Sicherheit nicht von der Meinung abzubringen gewesen, dass sie sich längst für das Erbe entschieden hatte. »Ich kann bei den Leuten nicht als ersten Eindruck den hinterlassen, dass mein Freund ein Snob ist, der kein bisschen Dreck an seinen Wagen kommen lassen kann, ohne gleich einen hysterischen Anfall zu bekommen. Das da ist immer noch ein Geländewagen, auch wenn du dafür sechzigtausend Pfund ausgegeben hast …«

»Einundsiebzigtausend«, warf Glenn fast ein wenig beleidigt darüber ein, dass sie den Kaufpreis seines Wagens nicht auswendig kannte.

»Einundsiebzigtausend?«, wiederholte sie ungläubig. »Okay, dann eben einundsiebzigtausend. Aber es ist ein Geländewagen, und die fahren normalerweise durch Gelände, und anschließend sieht der ganze Wagen auch danach aus. Das sind dann nicht nur drei Spritzer an der Türkante.«

»Nathalie, diese Kerle da machen sich über mich lustig …«

»Die machen sich über dich aus dem gleichen Grund lustig, aus dem du dich über eine Frau lustig machst, die vor einer kleinen Spinne kreischend wegläuft«, unterbrach sie ihn. »Nämlich deshalb, weil sie dein Verhalten albern finden.«

Glenn wollte irgendetwas erwidern, was ihr sicher nicht gefallen hätte, aber in dem Moment hellte sich seine Miene auf und er nickte. Fast erschrocken sagte er schließlich: »Du hast recht, Nathalie.« Er legte einen Arm um sie und küsste sie. »Ich wollte dich nicht in Verlegenheit bringen.«

»Ich weiß, Glenn, sonst hätte ich dir jetzt auch eine Szene gemacht, nach der es dir zu peinlich gewesen wäre, auch nur an Earlsraven vorbeizufahren«, gab sie grinsend zurück. »So, und jetzt mach dich auf den Weg. Und sag dir immer wieder: Es ist nur ein Auto und nur ein bisschen Schlamm. Es ist nur ein Auto und nur ein bisschen Schlamm …«

»Ob das hilft, weiß ich nicht.«

»Aber ich weiß, was hilft«, sagte sie. »Du warst auf den Verkehr konzentriert, darum habe ich nichts gesagt, aber etwa eine Viertelstunde, bevor wir hier angekommen sind, habe ich auf der rechten Seite ein Schild gesehen, dass da irgendwo eine Filiale dieser Kette ist, bei der du immer deinen Wagen waschen lässt. Vielleicht hast du ja Glück, und die haben noch geöffnet.«

»Du bist ein Engel!«, rief er, drückte sie an sich, gab ihr noch einen Kuss und lief dann um den Wagen herum. Während er den Motor anließ, machten die beiden Männer ein Schritt zur Seite, als würden sie ein drohendes Unheil vorausahnen, das sie aber unbedingt miterleben wollten.

Die Ahnung der beiden sollte sich bestätigen, denn im nächsten Moment hörte Nathalie Glenn laut fluchen, da er beim zügigen Zurücksetzen die Lenkung nicht weit genug eingeschlagen hatte und er mit der Felge des linken Hinterrads an einem der hohen Bordsteine entlangschrammte, die die Straße vom danebengelegenen Feld trennte. Trotz des hässlichen Kratzens setzte Glenn ein tapferes Lächeln auf und gab Gas. Mit quietschenden Reifen schoss der besudelte und lädierte Range Rover davon.

»Komischer Kauz«, meinte der bärtige Bauer und drehte sich zu Nathalie um. »Kennen Sie den?«

»Flüchtig«, antwortete sie ausweichend und wunderte sich, dass die beiden nichts von Glenns Kuss mitbekommen hatten.

»Ich bin übrigens Ned Evans«, stellte sich der Bärtige vor. »Und das ist mein Nachbar, Jim Woolley.«

Woolley tippte sich an die Stirn. »Und Sie sind neu hier?«

»Ich bin Nathalie Ames.«

»Die Nichte von Henrietta?«, fragte Evans, und als sie nickte, fügte er prompt an: »Sie übernehmen doch das Black Feather, richtig? Das trifft sich gut, dann können wir direkt mal über die Kilopreise reden. Ich liefere die Schweine, Ned die Hühner. Wir haben …«

»Meine Herren«, ging sie mit sanfter Stimme dazwischen und hob die Hände, um die beiden Männer verstummen zu lassen. »Ich bin praktisch erst seit fünf Minuten hier, und ich habe noch jede Menge Unterlagen zu sichten, bevor ich weiß, ob ich das Erbe antreten werde oder nicht. Wenn das entschieden ist, können Sie mich gern noch einmal auf die Kilopreise ansprechen. Ich kann Ihnen aber vorab schon sagen, dass ich beabsichtige, die Tradition meiner Tante fortzuführen. Ich werde weiterhin Fleisch, Gemüse und vieles mehr hier in der Region kaufen, aber …«, fügte sie nachdrücklich an, »… glauben Sie bitte nicht, dass Sie mich mit irgendwelchen Wunschvorstellungen überrumpeln können, nur weil ich hier neu bin.«

Mit Unschuldsmiene antwortete Evans hastig: »Nein, nein, auf keinen Fall. Es ist nur so, dass Henrietta uns ab dem Herbst mehr zahlen wollte, weil wir seit sieben Jahren keine Preiserhöhung mehr gefordert haben.«

Nathalie nickte und entgegnete beiläufig. »Ich werde mir einfach die Preisentwicklungen der letzten … sagen wir zehn Jahre ansehen, dann kann ich auch etwas dazu sagen.«

»So alte Unterlagen haben Sie noch?«, fragte Woolley fast beiläufig, stieß aber seinen Nachbarn viel zu auffällig mit dem Ellbogen an, als wollte er ihn vor irgendetwas warnen.

»Habe ich gerade sieben Jahre gesagt?«, warf Evans ein und kratzte sich scheinbar verwirrt am Kopf. »Ich meinte drei. Drei Jahre ist die letzte Preiserhöhung jetzt her.«

»Drei Jahre?«, wiederholte Nathalie amüsiert. »Na, dann können wir uns mit unserer Unterhaltung ja noch etwas Zeit lassen, nicht wahr?«

Eifrig nickten beide Männer. »Ja, natürlich. Sie haben im Moment sicher genug Arbeit am Hals, wenn Sie das Black Feather übernehmen wollen.«

»Sogar mehr als genug, das können Sie mir glauben«, bekräftigte sie. Mit einem »Gentlemen« verabschiedete sie sich, nahm die kleine Reisetasche und merkte, dass sie durch das Theater mit Glenns Wagen ganz vergessen hatte, die Schlappen aus dem Fußraum zu nehmen.

Sie kehrte zum Lokal zurück und wollte eben durch die Tür zum Café hineingehen, da kam ihr die schmächtige ältere Frau entgegen, die von dem Monet gesprochen hatte.

Sie nickte Nathalie zu und sagte: »Bis zum nächsten Mal, dann können wir ja etwas ausführlicher reden. Einen schönen Tag wünsche ich Ihnen.«

»Danke, den wünsche ich Ihnen auch«, erwiderte Nathalie und hielt ihr die Tür auf. Dann ging sie an Megan vorbei durch die Schiebetür hinter der Theke in den Versorgungsgang. Als sie an der Küche vorbeikam, nickte sie Louise zu, die ihr zu verstehen gab, dass sie in fünf Minuten bei ihr sein würde.

Nathalie brachte ihre Tasche ins Büro und setzte sich an den Schreibtisch. In der obersten Schublade fand sie einen umfangreichen Schlüsselbund, ein Anhänger war mit »Privat« beschriftet. »Genau das, was ich gesucht habe«, murmelte sie.

Um nicht die Ordnung durcheinanderzubringen, für die nach eigener Aussage Louise verantwortlich war, nahm sie sich zunächst noch einmal die Unterlagen aus dem Umschlag vor, die ihre Tante für sie zusammengestellt hatte. Sie sah sich die Umsatzzahlen der letzten Monate und die Vergleichswerte früherer Zeiträume an, machte ein paar Notizen und hob den Kopf, als am Türrahmen angeklopft wurde. Louise stand da und sah sie abwartend an.

»Louise, ich werde mich für ein paar Tage hier einquartieren, um mich mit allen wichtigen Unterlagen vertraut zu machen, bevor ich entscheide, ob ich das Erbe annehme oder nicht«, begann Nathalie. »Ich werde im Gästezimmer in der Wohnung meiner Tante schlafen, ansonsten werde ich die meiste Zeit hier im Büro verbringen.«

»Okay, dann hoffe ich, dass Sie sich *für* das Black Feather entscheiden werden«, sagte Louise und lehnte sich gegen den Türrahmen. »Ich habe nämlich kein gutes Gefühl, was diese Geier angeht, die seit Tagen über dem Haus kreisen.«

»Geier?«

Die Köchin grinste schief. »Von Koch zu Koch wird ja schon mal hinter vorgehaltener Hand getuschelt, schließlich will man ja wissen, wie andere Chefs so sind. Dadurch weiß ich, dass einige Gastronomen nicht nur aus der näheren Umgebung in Lauerstellung gegangen sind, um sich das Black Feather unter den Nagel zu reißen.«

»Na ja, dann wäre der Fortbestand ja zumindest gesichert, und niemand müsste sich Gedanken um seinen Arbeitsplatz machen«, meinte Nathalie erleichtert. Sie würde die Vorstellung nicht ertragen, wenn all diese Leute ihre Stelle verlieren würden, sollte sie sich gegen das Erbe entscheiden.

»Da muss ich Sie enttäuschen, Miss Ames«, redete Louise betreten weiter. »Es geht nicht um das Black Feather in seiner jetzigen Form. Das Gebäude soll zwar erhalten bleiben, aber ich habe die Pläne gesehen, und die Gemeinde wird die Neuerungen mit Begeisterung durchwinken, weil damit viel Geld verbunden ist. Wenn Sie verkaufen, wird das alles hier in ein Nobelrestaurant umgebaut, der Wald da drüben wird komplett abgeholzt, und den Bauern will man das Land abkaufen, um einen Golfplatz anzulegen. Es wird kein Café mehr geben, unsere einfachen Fremdenzimmer fallen weg, dafür entsteht nebenan ein Luxushotel. Für die Leute aus Earlsraven wird das Black Feather unbezahlbar teuer werden, und keiner von uns kann sich Hoffnung auf eine Anstellung machen. Na ja, vielleicht würde man mich noch den Salat schneiden lassen.«

»Wieso würde niemand von Ihnen übernommen werden?«, wunderte sich Nathalie.

»Weil keiner von uns die Qualifikationen vorweisen kann, die von solchen Hotels verlangt werden. Keiner hier hat eine reguläre Ausbildung gemacht, hier gibt es niemanden, der eine Hotelfachschule besucht hat. Ich habe auch nichts vorzuweisen, ich habe mir alles mit der Zeit angeeignet.«

»Aber es existieren doch Besprechungen, in denen das Black Feather neun von zehn Punkten bekommen hat«, hielt Nathalie dagegen. »Und das waren keine regionalen Zeitungen, sondern Magazine, die man überall im Land kaufen kann.«

Louise nickte amüsiert. »Die Besprechungen kenne ich, Miss Ames. Was Sie hier zu essen bekommen, das kann qualitativ auch mit diesen Sterneköchen mithalten. Aber die Kritiker, die uns so gelobt haben, sind nicht auf die Idee gekommen, nach meinem Lebenslauf und meinen Auszeichnungen zu fragen. Wenn die gewusst hätten, dass ich mir das alles selbst beigebracht habe, aber nie auf einer französischen Kochschule war, wären von den neun Sternen bestenfalls vier übrig geblieben, und statt die ›genial simplen Gerichte‹ zu loben, wären wir mit dem Vermerk ›gute Hausmannskost‹ noch glimpflich davongekommen.« Sie hob kapitulierend die Hände. »Sie können mir glauben und sich auch jede Personalakte ansehen. Jeder von uns hat hier als Aushilfe angefangen und ist in seinen Job hineingewachsen. Das zählt aber bei den Leuten nicht, die das Black Feather lieber heute als morgen schlucken möchten.«

Nathalie lehnte sich nachdenklich zurück. »Gut, dass Sie mir das sagen. Sollte ich mich entschließen, das Lokal zu verpachten, dann werde ich entsprechend den Anweisungen meiner Tante sicherstellen, dass niemand von Ihnen gehen muss.«

»Das hat sie tatsächlich gemacht?« Louise sah Nathalie mit feuchten Augen an.

»Ja. Wussten Sie das nicht?«

»Sie hat mal gesagt, dass sie dafür sorgen wolle, aber ich war mir nicht sicher, ob sie später noch daran gedacht hat.«

Nathalie nickte. »Ich darf nur Kündigungen aussprechen, wenn jemand ein Fehlverhalten an den Tag legt. Ach, sagen Sie, als ich eben zurückkam, da ist mir diese ältere Dame wieder über den Weg gelaufen, die im Café gesessen hat, als wir auf Sie gewartet haben …«

»Miss Beresford meinen Sie?«

»Keine Ahnung«, sagte Nathalie achselzuckend. »Sie erzählte uns etwas Eigenartiges über ihren Monet, der aber kein Monet ist oder so …«

»Ja, das war Cecily Beresford.« Louise verdrehte die Augen. »Oh weh, ausgerechnet ihr müssen Sie als Erstes begegnen. Cecily hat uns alle schon etliche Male verrückt gemacht, weil angeblich eines ihrer Kunstwerke plötzlich durch eine Fälschung ersetzt worden sein soll.«

»Und das stimmte nicht?«

»Cecily besitzt keine echten Kunstwerke, müssen Sie wissen. Sie hat nicht die Millionen auf dem Konto, die man braucht, um einen Picasso oder einen van Gogh oder aktuell einen Monet an die Wand zu hängen. Das sind alles Arbeiten von Hobbymalern, die die großen

Meister kopieren. Die meisten sind wirklich gut, aber es sind keine professionellen Fälschungen, sondern Bilder, für die man ein- oder vielleicht auch mal zweihundert Pfund hinlegt, weil sie ganz gut gelungen sind. Jetzt sagen Sie mir, wer von einem nachgemalten Bild eine Fälschung anfertigt, um die Bilder auszutauschen. So jemand müsste doch eigentlich ziemlich dumm sein, oder nicht?«

»Oder sehr raffiniert«, gab Nathalie zu bedenken. »Hat Miss Beresford wirklich kein Vermögen? Ich meine, jemand könnte das doch machen, damit andere sie für verwirrt halten und man sie irgendwann entmündigen kann. Dann würde derjenige an ihr Geld herankommen. Oder an Wertgegenstände.«

»Sie kauft ja nicht mal diese Bilder selbst, sondern bekommt sie von ihrem Enkel geschenkt«, sagte die Köchin. »Cecily ist nicht arm, aber sie besitzt auch kein Vermögen.«

»Das wissen Sie ganz sicher?« Louise nickte. »Woher? Von ihr?«

»Vor ein paar Monaten war unser zuständiger Briefträger krank, und eine Vertretung übernahm für zwei Wochen. Diese zwei Wochen wären für Sie perfekt gewesen, weil Sie jeden Tag vier oder fünf neue Leute kennengelernt hätten, bei denen Ihre Post gelandet war – oder deren Post bei Ihnen. Das waren zwei chaotische Wochen. An einem von diesen Tagen bekam ich Post vom Finanzamt, und weil ich auf einen Bescheid von denen wartete, habe ich den Umschlag sofort aufgerissen. Erst beim Blick auf die Zahlen wurde mir klar, dass da was nicht stimmt. Und dann habe ich gesehen, dass ich den Bescheid von Cecily Beresford in der Hand hielt.« Sie zuckte mit den Schultern. »Daraufhin habe ich mir das Ganze natürlich etwas gründlicher angeguckt – ich meine, wer würde das nicht machen? Zu den Unterlagen gehörte auch eine Übersicht über die Zinsen von allen Sparbüchern, die Cecily besitzt. Und das ist wirklich nicht der Rede wert.«

»Dann ist die Frau also tatsächlich … na ja, verwirrt?«, fragte Nathalie.

»Ehrlich gesagt, ich habe keine Ahnung, was das Ganze soll«, gestand die Köchin. »Ich weiß nicht, ob sie das wirklich so meint oder ob das nur ein Versuch ist, mit anderen Leuten ins Gespräch zu kommen. Anfangs hat Henrietta noch versucht, der Sache auf den Grund zu gehen, aber sogar sie hat es irgendwann aufgegeben.«

Nathalie fiel noch etwas ein, was die Frau gesagt hatte. »Diese Cecily … sie erwähnte auch noch, dass sie keine Ahnung habe, ob der Unfall meiner Tante mehr als nur ein Unfall war. Was könnte das bedeuten?«

»Es war ein Unfall«, erklärte Louise prompt. »Ich habe ein paar Telefonate geführt, und von allen wurde der Unfall bestätigt.«

»Telefonate? Mit wem?«

Die Köchin lächelte geheimnisvoll. »Ich habe meine Kontakte, auf die ich jederzeit zugreifen kann. Viele Leute sind mir noch einen Gefallen schuldig, und von Zeit zu Zeit lasse ich den einen oder anderen seine Schulden begleichen.«

»Und was sind das für Leute? Ein Chefkoch-Geheimbund oder so was?«

»Mehr ›oder so was‹.«

Statt Erklärungen zu liefern, machte Louise die Lage mit jedem Wort nur noch undurchschaubarer. Nathalie beschloss, das alles erst einmal auf sich beruhen zu lassen. Sie konnte sich auf diese Äußerungen keinen Reim machen, aber die Köchin schien zumindest in diesem Augenblick nicht mehr sagen zu wollen. Das war allerdings auch nicht das, was Nathalie so irritierte.

Sie störte sich vielmehr an der Tatsache, dass Louise Cartham es für nötig gehalten hatte, mit irgendwelchen Leuten Kontakt aufzunehmen, um herauszufinden, ob der Tod ihrer Tante wirklich auf einen Unfall zurückzuführen war.

Das bedeutete doch, dass der »Unfall« auch Absicht gewesen sein könnte. Aber wenn das der Fall war, welches Motiv könnte hinter der Tat stecken? Und wer hatte ein Interesse daran gehabt, Henrietta nach dem Leben zu trachten?

War an diesen Überlegungen überhaupt etwas dran, oder war sie bloß in ein Dorf voller Paranoider geraten, von denen sich einer schlimmer als der andere herausstellte?

Viertes Kapitel, in dem Nathalie mit ihren Gefühlen kämpft und neue Leute kennenlernt

Gegen kurz vor elf klopfte es an der Tür zum Büro. Nathalie hatte sie nach einer Weile zugemacht, weil zum Abend hin mehr und mehr Besucher in den Pub gekommen waren und das Stimmengewirr bis zu ihr vorgedrungen war. Dadurch war es ihr nicht möglich, sich auf die Unterlagen zu konzentrieren. Zwischendurch hatte ihr Louise etwas zu essen gebracht, sie ansonsten aber in Ruhe gelassen. Vermutlich war das jetzt auch wieder Louise, da sie mit dem übrigen Personal noch nicht zusammengetroffen war und es ihr unwahrscheinlich vorkam, dass einer von den anderen sie stören würde.

»Ja?«

»Nathalie, kann ich kurz stören?«, hörte sie die Stimme der Köchin, mit der sie beim Servieren des Essens verabredet hatte, zum Vornamen zu wechseln, weil ihr »Miss Ames« für diese gemütliche Umgebung einfach zu förmlich erschien.

»Was gibt es?«, fragte sie.

»Ich wollte Sie nur wissen lassen, dass die Küche ab jetzt geschlossen ist«, sagte Louise, fügte dann aber hastig an: »Das heißt, sie ist für die Gäste im Pub geschlossen. Wenn Sie noch irgendetwas möchten, ist das natürlich kein Problem. Ich kann Ihnen gern noch etwas zubereiten, ich habe noch nicht alle Geräte abgestellt.«

»Das können Sie ruhig machen, Louise«, versicherte Nathalie ihr. »Dieses Stück Braten mit Püree war so sättigend, ich könnte jetzt nicht noch etwas essen. Sonst ist mein Magen so voll, dass ich kein Auge zukriege. Obwohl …« Sie brach ab und sah betreten auf den Tisch.

»Sie können auch oben ein Zimmer nehmen, Nathalie«, schlug Louise vor, »wenn Ihnen die Wohnung Ihrer Tante zu nahe geht.«

Sie winkte ab. »Nein, das geht schon. Ich schlafe ja im Gästezimmer, das ist dann wie früher, wenn ich bei ihr zu Besuch war.« Sie zuckte flüchtig mit den Schultern und fragte: »Muss ich irgendwas für heute Nacht wissen, wenn einer der Gäste etwas will oder wenn jemand für ein Zimmer anfragt?«

»Nein, darum kümmert sich heute Nacht Cathy … Cathy Morrow«, erklärte die Köchin. »Den Nachtdienst für die Pension übernimmt immer die Bedienung, die die Schicht ab acht Uhr abends hat.«

»Und die Sperrstunde?«

»Ihre Tante gehörte zu den wenigen Pub-Betreibern, die eine Ausnahmegenehmigung für eine ganztägige Öffnung beantragt hatte. Sie fand, so was sollte man für alle Fälle zur Hand haben. Sie meinte, es könnte ja mal eine japanische Reisegruppe nachts um drei anklopfen, die sich mit ihrem Bus hoffnungslos verfahren hatte und die noch was essen und trinken wollte. Abgesehen von solchen Fällen, von denen bis heute kein einziger eingetreten ist, schließen wir den Pub in der Woche normalerweise spätestens um Mitternacht, manchmal auch früher, wenn Eddie Hogarth nach Hause geht.«

»Eddie Hogarth? Ist das der Kellner, den ich in der Küche gesehen habe, als ich den Teller zurückgebracht habe?«

Nathalie merkte einmal mehr, dass sie sich sehr konzentrieren musste, wenn sie zum ersten Mal ein neues Gesicht sah und bei der Gelegenheit auch noch den Namen genannt bekam. Wenn dann noch ein dritter Faktor ins Spiel kam, ging es oft so aus, dass sie eine von diesen Sachen vergaß. Hätte sie früher schon mit dem Personal zu tun gehabt, wenn sie bei ihrer Tante war, würde es ihr jetzt sicher viel leichter fallen, alle Name und Gesichter unter einen Hut zu bringen.

Darum hatte sie sich aber nie gekümmert, weil sie keine Notwendigkeit darin gesehen hatte, sich jemanden einzuprägen, dem sie später nie wieder begegnen würde. Jetzt erwies sich das als Fehler, der vielleicht ein bisschen abgeschwächt worden wäre, wenn sie alle diese Leute bei Tante Henriettas Beerdigung gesehen hätte. Aber da sich ihre Tante trotz aller Liebe zu Earlsraven für eine Beisetzung im Familiengrab in Manchester entschieden hatte, war es zu einer solchen Begegnung nicht gekommen.

»Das war Pete«, antwortete Louise. »Pete Selway.« Sie schüttelte den Kopf. »Eddie Hogarth ist ein Stammgast, oder besser gesagt: Er ist der Traumstammgast in jedem Pub.«

»Wieso das?«

»Weil es einem so vorkommt, als wäre der Mann einfach immer da. Er scheint niemanden sonst zu haben, jedenfalls nicht hier in Earlsraven. Wenn er mal einen Tag lang nicht da ist, fühlen sich alle versucht, ihn anzurufen und zu fragen, ob alles in Ordnung ist.«

»Ist er Rentner, dass er so viel Zeit hier verbringen kann?«, wollte Nathalie wissen.

»Er malt«, sagte Louise. »Bilder meine ich, er ist kein Anstreicher. Davon scheint er genug zu verkaufen, wenn er so viel Geld hier im Pub lassen kann.«

Nathalie schaute nachdenklich drein. »Ich nehme an, er ist jetzt weg.«

»Vor fünf Minuten gegangen. Und wenn Eddie sich auf den Heimweg macht, kommt auch niemand mehr.« Nach einer kurzen Pause fügte sie hinzu: »Außer, einer der Pensionsgäste möchte noch etwas trinken. Für den Fall haben wir ja dann die Ausnahmegenehmigung.«

»Ja, das ergibt einen Sinn. Aber diesen Eddie möchte ich gern mal kennenlernen.«

»Das können Sie morgen nachholen. Oder übermorgen. Oder überübermorgen. Oder … na, Sie wissen, was ich meine.«

»Schon klar«, gab sie lächelnd zurück. »Dann wünsche ich Ihnen eine gute Nacht, und danke für das Essen und Ihren unermüdlichen Einsatz.«

»Den zeige ich gern, wenn ich weiß, dass er wahrgenommen und gewürdigt wird, Nathalie.« Sie wollte sich zum Gehen wenden, blieb dann aber doch stehen und fügte an: »Ich … ähm … ich nehme an, es ist noch zu früh, Sie zu fragen, ob Sie bereits …«

»Ich weiß es noch nicht, Louise«, unterbrach Nathalie sie in ruhigem Tonfall und hielt kurz inne. »Aber ich kann Ihnen eines versichern: Sobald meine Entscheidung steht, werde ich Sie alle umgehend informieren. Da wird es keine Hängepartie geben, und ich werde auch keine falschen Absichtserklärungen verbreiten, nur um für gute Stimmung zu sorgen, obwohl längst feststeht, dass ich das alles hier schnellstmöglich an eine Hotelkette verkaufen werde.« Wieder machte sie eine kurze Pause und fand, dass der letzte Satz nicht so geschickt gewählt war wie beabsichtigt. »Zumindest kann ich Ihnen aber sagen, dass ich bislang keine Unterlagen entdeckt habe, die mich in eine solche Richtung tendieren lassen.«

Louise nickte zufrieden. »Das hört sich doch gut an. Da kann ich heute doch schon etwas beruhigter schlafen als in den letzten Nächten. Okay, dann machen Sie nicht mehr so lange, ich gehe jetzt nach Hause. Falls Sie irgendetwas brauchen oder dringend wissen müssen, können Sie sich an Cathy wenden.«

»Danke, aber ich werde versuchen, ihren Schlaf nicht zu stören.« Sie nickte Louise zu.

»Ich gehe dann noch die Katzen füttern.«

Nathalie sah auf. »Die Katzen? Meine Tante war doch allergisch gegen Stubentiger, wenn ich mich nicht irre.«

Louise winkte beruhigend. »Nein, nein, sie hat Ihnen kein Rudel Haustiere hinterlassen, aber am Abend hat sie für die Streuner aus der Umgebung immer ein paar Essensreste in Näpfe gefüllt und die hinter dem Haus aufgestellt.«

»Was denn für Essensreste?«

»Ach, das ist mal ein Eckchen von einer Kalbspastete oder Nudeln, die ein Gast auf dem Teller gelassen hat«, sagte sie. »Nichts, was zusätzliche Kosten verursachen würden.«

»Oh, das meinte ich nicht«, gab Nathalie hastig zurück. »Ich wollte nur sichergehen, dass die Tiere nichts bekommen, was zu scharf gewürzt ist. In der Natur finden sie auch kein Huhn in extrascharfer Currysoße.« Sie dachte gut nach. »Wenn es nicht zu viel Arbeit macht, wäre es gut, wenn das Fleisch erst noch abgewaschen wird, bevor es in die Näpfe kommt.«

Louise stand einen Moment lang da und sah Nathalie nur verdutzt an.

»Habe ich irgendetwas Falsches gesagt?«, fragte Nathalie zögerlich.

Die Köchin schüttelte den Kopf. »Sie hätten gar nichts Richtigeres sagen können, Nathalie. Ich wusste ja nicht, wie Sie dazu stehen, und ich war schon in Sorge, dass die armen Tiere ab jetzt am Abend Hunger leiden müssen.«

»Auf keinen Fall«, versprach Nathalie und zwinkerte Louise zu. »Würden Sie den vierbeinigen Herrschaften auf Kosten des Hauses noch ein Steak klein schneiden und es dazugeben?«

»Mit Vergnügen«, sagte Louise, die noch erleichterter wirkte als vor wenigen Augenblicken. »Wir sehen uns morgen«, fügte die Köchin noch an und ging.

Nachdem sie die Haustür hinter sich zugezogen hatte, kehrte Ruhe ein.

Nathalie widmete sich wieder den Unterlagen und nahm sich als Nächstes die Lieferantenverträge vor, die erschreckend spärlich ausfielen. Nach den Notizen zu urteilen, die von ihrer Tante stammen mussten, waren die meisten Dinge mündlich vereinbart worden, was sie mit einem kurzen Vermerk auf dem Zettel festgehalten hatte, der in dem Moment als Erstes griffbereit gewesen war. Das war mal die Titelseite einer Illustrierten, mal die Rückseite einer Visitenkarte gewesen, was sie dann zum Teil sehr kreativ gelocht und in einen Ordner gepackt hatte. Nathalie musste erst einmal aus den Abkürzungen schlau werden, ehe sie wusste, von wem was geliefert wurde und bei wem sie welchen Rabatt in Anspruch nehmen konnte.

Auf jeden Fall würde sie diese Vorgänge alle in einer Datei erfassen müssen, die Vereinbarungen ausdrucken und von den Lieferanten gegenzeichnen lassen, damit das Ganze auch wirklich rechtlich abgesichert war. Sie wusste, ihre Tante war in manchen Dingen etwas unkonventionell gewesen, aber wenn Nathalie das Erbe annehmen sollte, musste sie nicht auch diese Eigenart übernehmen.

Sie lehnte sich zurück und sah aus dem Fenster, von dem aus sie über die Terrasse hinweg freie Sicht auf das Dorf hatte. Da Vollmond war, wirkte Earlsraven wie in einen fahlen Lichtschein getaucht. Nirgends war noch ein Fenster erleuchtet, nur eine Handvoll Straßenlampen brannten. Nathalie konnte den Verlauf der Straße nachvollziehen, die sich durch Earlsraven schlängelte und weiterführte nach Crow's Nest. Diese Ansicht hatte etwas Idyllisches, das ihr in der Stadt fehlte, wie ihr jetzt zum ersten Mal bewusst wurde.

In Liverpool hatte sie von ihrem Büro aus auch eine schöne Aussicht auf eine wundervolle Grünanlage, aber da dienten die ringsum angelegten Hügel nur dem Zweck, die Illusion einer Landschaft zu erzeugen, obwohl in Wahrheit die hintere Hälfte dieser Hügel gar nicht existierte. An deren Stelle befand sich eine Durchgangsstraße, von deren Anblick und Geräuschkulisse man dank dieses architektonischen Kniffs zwar verschont blieb, dennoch war es ein großer Unterschied, ob man nur meinte oder tatsächlich wusste, dass dieses wundervolle Grün mit seinen flachen Hügeln noch ewig so weiterging.

Nach einer Weile sah sie wieder auf die Uhr und stellte fest, dass es Viertel vor zwei war. Eigentlich sollte sie allmählich ins Bett gehen, denn auch wenn noch so viele Unterlagen auf sie warteten, würde sie keine Ewigkeit benötigen, alles zu sichten. Also konnte sie sich auch schlafen legen. Allerdings … musste sie dafür die Wohnung ihrer Tante betreten.

Genau das hatte sie bislang vermieden, auch wenn es keinen vernünftigen Grund dafür gab. Sie glaubte nicht an Geister, von daher wusste sie, dass es dort nicht spuken würde. Dennoch würde Henrietta in der Wohnung so allgegenwärtig sein, als wäre sie tatsächlich noch immer da. Insgeheim befürchtete Nathalie, dass die Fantasie mit ihr durchgehen und sie tatsächlich ihre Tante irgendwo sitzen sehen würde. Sollte das geschehen, würde sie garantiert schreiend rausrennen und bei der Gelegenheit Cathy und alle Gäste aus dem Schlaf reißen. Und wenn sie Pech hatte, würde auch noch halb Earlsraven davon aufwachen. Dabei hatte Nathalie kein Interesse daran, sich zum Gespött der Leute zu machen, noch bevor sie überhaupt hier Fuß gefasst hatte.

Eine Zeit lang überlegte sie, Cathy zu wecken, damit die ihr den Schlüssel zu einem der Zimmer der Pension gab. Letztlich siegte aber die Vernunft, und sie nahm die Tasche und den Schlüsselbund und verließ das Büro. Nachdem sie die Tür abgeschlossen hatte, folgte sie dem Versorgungsgang zwischen den verschiedenen Bereichen des Gebäudes und stand schließlich vor der Tür, an der ein großes »Privat«-Schild befestigt war.

Sie schloss auf und wurde prompt von einem solchen Schwall an Erinnerungen bestürmt, dass ihr der Atem stockte und ihr Tränen in die Augen stiegen.

»Reiß dich zusammen«, ermahnte sie sich laut und griff reflexartig nach dem Lichtschalter. Sie musste schlucken, als ihr klar wurde, dass alles noch so aussah wie früher … und dass es so wirkte, als würde die Wohnung nur auf Henriettas Rückkehr warten.

Es gab keine Diele, stattdessen stand man direkt im Wohnzimmer, von dem aus alle anderen Zimmer abgingen. Die Tür ganz rechts führte ins Bad, gegenüber der Eingangstür stand eine blassgrüne Polstergarnitur, die um 1950 vermutlich der neuesten Mode entsprochen hatte (und es momentan wieder tat). Das Sofa stand an der hinteren Wand, die von gerahmten Familienfotos in allen Größen übersät war, davor thronten ein runder Tisch und zwei Sessel, über deren Rückenlehnen cremefarbene Spitzendeckchen lagen. Die rechte Wand wurde von einem Schrank in dunklem Holz beherrscht, der den ohnehin nicht allzu großen Raum noch kleiner wirken ließ. Das alles hatte aber nichts Beengendes oder Erdrückendes an sich, sondern unterstrich die Gemütlichkeit.

Die Deckenlampe mit den drei hellbeigen Glaskugeln passte in ihrer Art zum Rest der Einrichtung und sorgte für ein angenehmes Licht – nicht zu hell, aber auch nicht zu düster, sodass man beim Lesen Probleme bekommen hätte.

Auf dem Tisch lag ein Stapel Illustrierte, vermutlich die übliche Auswahl an Klatschblättern, die ihre Tante stets mit großer Begeisterung gelesen hatte. Daneben die Fernbedienung für den Fernseher, der aus einer Zeit stammte, als man mit acht Programmtasten noch mehr als gut bedient gewesen war.

Das alles war schon so eingerichtet gewesen, als ihre Tante vor vielen Jahren das Black Feather übernommen hatte. »Das ist zwar alt, aber gut erhalten und robuster als alles, was man heute kaufen kann, ohne gleich ein Vermögen auszugeben«, hatte Henrietta mehr als einmal erklärt, wenn irgendwer vorgeschlagen hatte, sie solle sich doch mal etwas Neues, etwas Modernes zulegen.

Vor der großen Fensterfront zur Linken stand das Sideboard, darauf ein paar der zahlreichen Hummel-Figuren, die ihre Tante über Jahre hinweg gesammelt hatte. Diese Sammlung war schon seit Langem so umfangreich, dass davon immer nur eine Auswahl »Luft schnappen« durfte, wie Henrietta es ausgedrückt hatte, während der Rest sicher verpackt im Sideboard verstaut war.

Nathalie kämpfte immer noch mit den Tränen, weil wirklich alles danach aussah, als hätte ihre Tante nur kurz das Zimmer verlassen, um gleich wieder da zu sein und den Fernseher einzuschalten, damit sie die Nachrichten sehen konnte. Das würde bloß nicht geschehen.

Nathalie musste schlucken und schüttelte den Kopf, weil sie nicht über die Sinnlosigkeit und Ungerechtigkeit dieses Todes nachdenken wollte. Stattdessen durchquerte sie das Wohnzimmer und ging durch die rechte hintere Tür ins Gästezimmer, das unverändert schlicht eingerichtet war: ein einfaches, aber bequemes Bett, ein schmuckloser, zweckmäßiger Schrank, dazu ein Schreibtisch mit Stuhl davor. Alles war in hellem Holz gehalten, was angesichts dieses wirklich klein geratenen Zimmers auch angebracht war. Aber auch wenn der Platz kaum reichte, um sich umzudrehen, würde Nathalie hier schlafen, solange sie damit beschäftigt war, sich ein Bild von der finanziellen Lage des Black Feather zu machen. Sollte sie beschließen, das Lokal zu übernehmen, würde sie eines auf jeden Fall machen: die Wohnung komplett neu einrichten. Das war keine Respektlosigkeit gegenüber ihrer Tante, aber sie wusste, sie käme sich sonst wie in einem Museum vor. Natürlich würde sie die persönlichen Dinge ihrer Tante behalten, aber alle Möbel, die schon bei Henriettas Einzug hier gestanden hatten, würden auf jeden Fall weichen müssen. Bestimmt fand sich jemand, der damit noch etwas anfangen konnte. Und dann würde sie …

»Hey, langsam!«, ermahnte sie sich lautstark. Noch wusste sie nicht mal, ob sie diesen Laden überhaupt haben wollte. Da brauchte sie sich keine Gedanken darüber zu machen, wie sie sich einrichten wollte. Außerdem hatte sie ja noch eine Wohnung in Liverpool, in der genug Möbel standen, die nicht auf dem Sperrmüll landen wollten.

Sie packte ihre Tasche aus und ging in das angeschlossene, noch viel winzigere Gästebad, um sich zu waschen. Nachdem sie fertig war, machte sie überall das Licht aus, legte sich ins Bett und fiel in einen tiefen und erstaunlich traumlosen Schlaf.

»Und? Wie sieht es aus?«, fragte Glenn, als er am Sonntag kurz nach Mittag anrief. »Hast du dich schon entschieden?«

»Glenn, ich bin erst seit gestern hier«, antwortete Nathalie und hatte das Gefühl, unterschwellig ungehalten zu klingen, obwohl sie das nicht wollte. Aber auch, wenn ihr nicht alle fünf Minuten irgendjemand genau diese Frage stellte, kam es ihr dennoch so vor, als würden die Leute um sie herum an nichts anderes denken können. »Ich mache gute Fortschritte, aber du musst mich noch nicht abholen. Ich werde morgen früh im Büro anrufen und mit Norman reden, wie lange er mich entbehren kann.«

»Das heißt, ich hole dich heute nicht ab?«

»Heute nicht, morgen nicht, und alles Weitere müssen wir dann sehen, wenn ich weiß, wie Norman mitspielt – oder auch nicht.«

»Das ist gut … Ich meine, dass du morgen noch nicht zurückkommen willst«, sagte Glenn. »Auf dem Weg ins Büro gebe ich morgen früh den Wagen in der Werkstatt ab, damit die eine neue Felge montieren. Es kann sein, dass die erst noch irgendwo abgeholt werden muss, denn die wissen ja noch nichts von ihrem Glück. Ich will den Wagen auch erst ab Nachmittag abholen, damit sie genug Zeit zum Polieren haben. Darum könnte ich gar nicht nach Earlsraven kommen.«

»Du Glückspilz«, erwiderte sie in einem unüberhörbar ironischen Unterton, doch davon bekam er nichts mit, und falls doch, musste es ihm völlig egal sein, von ihr auf den Arm genommen zu werden. Hauptsache, die schwer beschädigte Felge wurde ausgetauscht, bevor jemand die lebensbedrohliche Schramme zu Gesicht bekam.

»Und wann sehe ich dich?«, wollte er wissen, was sich dann wieder so verliebt anhörte, als sei ihm doch nicht nur das Wohl seines Autos wichtig – auch wenn das erst einmal so rübergekommen war. Er fehlte ihr ja auch, nur konnte er es manchmal mit der Sorge um sein Auto übertreiben, und was seine ausgeprägte Abneigung gegen das Leben auf dem Land anging, wusste sie nicht, was sie dagegen tun konnte. Sollte sie sich für das Black Feather entscheiden und er keine Bereitschaft zu irgendeiner Art von Kompromiss zeigen, dann würde sie vor eine schwierige Wahl gestellt werden …

»Wenn ich hier fertig bin«, antwortete sie. Alles andere konnten sie immer noch bereden, wenn sie wusste, zu welchem Entschluss sie gelangt war. »Wir telefonieren bestimmt noch ein paar Mal, bis es so weit ist.«

Sie hatte sich gerade von ihm verabschiedet und das Smartphone zur Seite gelegt, da tauchte Louise in der offenen Tür zum Büro auf.

»Kann ich Ihnen etwas zu essen bringen?«

Nathalie schüttelte den Kopf. »Nein, danke.«

»Was? Wir haben ein Uhr durch. Von Megan weiß ich, dass Sie bei ihr heute Morgen um neun ein Croissant ohne alles geholt haben, und seitdem haben Sie nichts mehr gegessen. Das geht aber so nicht! Sie werden mir noch ohnmächtig!«

Nathalie grinste sie an. »Keine Panik, das passiert nicht. Es sei denn, Sie brauchen für eine Portion Bratwurst mit Kartoffeln drei oder vier Stunden.«

Louise atmete erleichtert auf. »Also kann ich Ihnen was bringen. Gut.«

»Nein.«

»Was?«, rief die Köchin verständnislos. »Sie wollten doch gerade eben eine Portion Bratwurst mit Kartoffeln haben.«

»Will ich auch«, versicherte Nathalie ihr. »Aber nicht hier. Ich will mich in den Pub setzen.«

Nathalie stand auf und ging auf die Köchin zu. »Ich hoffe, es gibt jetzt überhaupt noch einen freien Tisch. Es ist schließlich Mittagszeit.«

»Nach den Bestellungen zu urteilen, die in der Küche ankommen, dürfte es ziemlich voll sein. Der Parkplatz vor dem Pub ist auch fast komplett belegt.«

»Egal, ich versuche mein Glück«, entschied Nathalie. »Wenn überhaupt nichts möglich ist, können Sie mir das Essen immer noch an den Schreibtisch bringen.«

»Ich stelle es schon mal zusammen«, sagte Louise. »Dann kann Pete Ihnen das sofort bringen, sobald Sie einen Platz haben.«

»Nein, tun Sie das nicht«, widersprach sie sofort. »Ich will den ganz normalen Ablauf von der Bestellung bis hin zum Servieren beobachten.«

Louise zog irritiert eine Augenbraue hoch, woraufhin Nathalie lachen musste. »Keine Angst, ich werde nicht mit der Stoppuhr dasitzen und aufpassen, wer wo wie lange braucht. Ich habe bei uns im Büro eine Zeit lang zum Organisationskomitee gehört, das die Aufgabe hatte, sich die Arbeitsabläufe der Kollegen anzusehen, um Fehlentwicklungen zu erkennen und abzustellen. Wenn zum Beispiel im Kopierraum drei Kopierer stehen, weil das immer schon so war, und die Mitarbeiter aus dem Nebengebäude für jede Kopie quer über den Hof rennen müssen … und niemand auf die Idee kommt, einen der drei Kopierer aus dem Kopierraum ins Nebengebäude zu stellen. Wollte ich die Mitarbeiter gängeln, würde ich sagen, dass sie erst zum Kopierer gehen dürfen, wenn sie mindestens fünf Vorgänge kopieren müssen. Darum geht es nicht, sondern darum, ihnen Lauferei bei Wind und Wetter zu ersparen, wenn sie das wollen. Wer nach wie vor in den Kopierraum gehen will, weil er da mit Kollegen zusammentrifft, der kann das auch machen.«

»Okay, ich will Ihnen mal glauben«, meinte Louise und zwinkerte ihr zu, dann ging sie in die Küche.

Nathalie schloss das Büro ab und folgte dem Versorgungsgang bis zu einer Tür, durch die sie in den Bereich hinter der Theke gelangte. Ein älterer Mann schenkte gerade ein Bier ein, wurde aber durch Nathalies Auftauchen so abgelenkt, dass das Glas überlief und er den Hahn offen ließ. Während das Bier über seine Hand lief, fragte er schroff: »Was haben Sie denn hier zu suchen?«

»Mein Name ist Nathalie Ames«, antwortete sie und deutete mit einem Nicken auf den Zapfhahn. »Ich glaube, das Glas ist jetzt voll.«

»Ames?«, wiederholte er. »Oh, tut mir leid, das … das wusste ich nicht, ich … oh verdammt, das Bier!«, rief er, als sein Blick auf das Glas fiel. »Miss Ames … ich wusste nicht … ich hatte keine Ahnung, dass Sie …«, stammelte er.

»Sie müssen Harold Dean sein«, entgegnete sie und lächelte ihn freundlich an.

Er nickte nervös. »Ja, ja … ich … also … ähm …«

»Ist schon gut, Harold, woher sollen Sie mich auch kennen, wenn ich erst seit gestern hier bin?« Harold atmete erleichtert auf. »Gibt es noch einen freien Tisch?«, fragte Nathalie, um ihn auf andere Gedanken zu bringen.

»Hm …« Er sah sich über die Köpfe der Gäste an der Theke hinweg um. »Nein, Sie müssten sich wohl irgendwo dazusetzen.«

Die Vorstellung gefiel ihr gar nicht, so wenig, wie sie es mochte, wenn sich jemand zu ihr an Tisch gesellte. Jemand, der laut telefonierte oder über Krankheiten und über seine Beziehungsprobleme redete. Wenn sie allein ein Café, einen Pub oder ein Restaurant besuchte, dann tat sie das, weil sie eben allein sein wollte. Wollte sie Gesellschaft, konnte sie sich mit Glenn verabreden, eine Freundin anrufen oder eine Kollegin ansprechen. Aber wenn sie allein sein wollte, war es ihr höchst unangenehm, jemanden an ihren Tisch gesetzt zu bekommen, der vielleicht auch noch eine Unterhaltung mit ihr anfangen wollte. Gesellig war sie dann, wenn es ihr Wunsch war, aber nicht, wenn der Kellner jemanden bei ihr am Tisch zu parken gedachte.

»Was ist mit der Theke? Bekomme ich dort auch etwas zu essen?« Der Platz, den sie sich ausgesucht hatte und auf den sie jetzt zeigte, befand sich am Endstück quer zur Theke. Von dort aus hatte sie einen guten Überblick über den Pub, und sie würde auch die Wege beobachten können, auf denen die Kellnerinnen Stund um Stund unterwegs waren.

»Ja, aber das da ist der Platz von Eddie«, warnte der Barkeeper sie. »Er wird jeden Moment da sein.«

»Eddie Hogarth?«

»Der einzige und echte Eddie Hogarth.«

»Umso besser«, meinte sie grinsend. »Dann lerne ich den Mann wenigstens auch kennen. Wenn es stimmt, was ich über ihn gehört habe, dann sorgt er für einen beachtlichen Anteil am Umsatz.«

»Nur, dass er den nicht selbst bezahlt.«

Nathalie sah Harold verwundert an. »Was soll das heißen?«

»Na ja, er spekuliert immer darauf, dass er ein leichtgläubiges Opfer findet, um ihm aus seinem angeblichen finanziellen Engpass herauszuhelfen.«

Nathalie nickte. »Aha, verstehe. Tja, solange jemand das bezahlt, was er trinkt, soll es mir egal sein. Ich meine ... die Leute bezahlen doch, oder?«

»Oh ja, darauf achten wir schon. Eddie ist ein lieber Kerl, aber manchmal versucht er, ein Schlitzohr zu sein.«

Nathalie ging zum Ende der Theke und sah sich in Ruhe um. Der Pub war so eingerichtet, wie die meisten Gäste es von einem guten alten Lokal erwarteten. Alles war mit dunklem Holz verkleidet, und die Decke war genauso niedrig wie im Café nebenan. Durch die Butzenscheiben fiel gedämpftes Licht, die Lampen im Lokal verbreiteten einen gelblichen Schein, wodurch der Eindruck von Gemütlichkeit unterstrichen wurde. Alle paar Meter hingen Schiefertafeln an den Wänden, von denen einige auf das aktuelle Tagesgericht hinwiesen und andere diverse Spezialitäten anpriesen.

Geschickt platzierte Balkenkonstruktionen sorgten dafür, dass der eigentlich recht weitläufige Raum in mehrere kleine Bereiche unterteilt wurde, die den Gästen das Gefühl vermittelten, dass nur sie und die Personen in ihrer unmittelbaren Nähe anwesend waren. Mithilfe der Balken wurden die Bereiche links und rechts davon praktisch ausgeblendet, und sie sorgten auch für eine angenehme Akustik. Unter normalen Bedingungen hätte in einem voll besetzten Raum von der Größe dieses Pubs das Stimmengewirr für ein permanentes Dröhnen im Hintergrund gesorgt.

So dagegen fing sich das Gemurmel an den Hindernissen und verpuffte dort – was es nicht nur den Gästen erträglicher machte, sondern auch dem Personal.

Nathalie setzte sich auf den Hocker, warf einen Alibi-Blick auf die Speisekarte, um klarzumachen, dass sie etwas essen wollte, dann wartete sie und schaute sich im Pub um. Es waren Gäste jeglicher Klientel anwesend, was zweifellos mit der besonderen Lage dieses Lokals zusammenhing. Ein Großteil der Kundschaft war auf der Durchreise, manche nur dieses eine Mal, während andere, wie zum Beispiel die Lkw-Fahrer, bis zu dreimal in der Woche auf dem Weg in Richtung Norden hier vorbeikamen und ein oder zwei Tage später auf dem Heimweg wieder auftauchten.

Nathalie sah zwei Frauen, die Bestellungen aufnahmen und Getränke und Gerichte zu den Tischen brachten, beide Gesichter waren ihr kein Begriff. Außerdem war auch noch ein junger Mann in weißem Hemd und schwarzer Hose unterwegs, er musste der bereits erwähnte Pete Selway sein. Es dauerte eine Weile, dann kam eine der Frauen, eine Rothaarige mit wallender Mähne, die trotz der Haarfarbe nicht die geringste Ähnlichkeit mit der Bedienung aus dem Jim's Old Chair aufwies, zu ihr und nahm ihre Bestellung auf. Gleich darauf bekam sie von Harold das bestellte Bier, während die Rothaarige in die Küche verschwand, um dort das Gericht zu bestellen, das Louise ihr ursprünglich schmackhaft gemacht hatte.

»Hallo, schöne Frau«, wurde sie auf einmal von hinten angesprochen. »Ich glaube, Sie sitzen auf meinem Platz.«

Nathalie schaute über die Schulter und sah einen Mann mit grauen Haaren, der sie freundlich ansah und auffordernd nickte, als er ihren Blick bemerkte.

»Sie müssen Mr Hogarth sein«, sagte sie und drehte sich halb zu ihm um. Dann deutete sie auf den Hocker, der an der Längsseite der Theke stand. »Darf ich vorstellen?«, fragte sie lächelnd. »Ihr neuer Stammplatz.«

Fünftes Kapitel, in dem Nathalie auf einen Bewunderer ihrer Tante trifft und eine seltsame Entdeckung macht

Eddie Hogarth hatte sich als interessanter, vielschichtiger Mann entpuppt. Ganz entgegen ihrer Erwartung, an einen alten Sturkopf geraten zu sein, der nur seine Sicht der Dinge akzeptierte und auf dem beharrte, was seiner Meinung nach sein gutes Recht war – wie sein »Stammplatz« an der Theke des Black Feather.

Nathalie war aber schnell dahinter gekommen, dass diese Sache mit dem Stammplatz eigentlich nur Mittel zum Zweck war, weil Hogarth so mit Gästen ins Gespräch kam, die er dann dazu überreden konnte, ihm das eine oder andere Bier zu spendieren.

Hogarth hatte über so gut wie jeden in Earlsraven etwas zu berichten, was zwar ziemlich abwechslungsreich, aber für Nathalie ohne nennenswerten Nutzen gewesen war, da sie an ihrem zweiten Tag in Earlsraven nur eine Handvoll Leute mit Namen kannte. Trotzdem hatte sie ihm eine Weile interessiert zugehört und immer gehofft, sich den einen oder anderen Namen merken zu können, was sich aber als Irrtum herausstellt hatte, denn es waren einfach viel zu viele gewesen.

Als sie gegen drei Uhr nachmittags in ihr Büro zurückkehren wollte, beschloss sie, zuvor einen Rundgang ums Haus zu unternehmen. Der blaue Himmel vom Vormittag hatte sich zugezogen, und ein leichter Nieselregen hatte eingesetzt. Der hielt aber die Sonntagsausflügler nicht davon ab, die Terrasse zu bevölkern, da mehrere ausladende Schirme dank einer geschickten Anordnung fast den gesamten Bereich vor allem schützten, was von oben kommen konnte.

Nathalie hatte die Terrasse schon fast überquert, da ging die Tür zum Café auf, und ausgerechnet Miss Beresford kam heraus. Ihr hatte Nathalie jetzt eigentlich nicht begegnen wollen, aber aus dem Weg gehen konnte sie der alten Dame nun auch nicht. Erstens wäre das unhöflich gewesen, und es hätte nach Flucht ausgesehen, weil sie ja noch dastand und die Fassade betrachtete, die einen gepflegten Eindruck machte. Zweitens nickte sie ihr bereits zu.

»Miss Beresford«, sagte Nathalie und erwiderte das Lächeln. »War alles zu Ihrer Zufriedenheit?«

»Wie immer, Miss Ames, wie immer«, entgegnete die alte Frau und kam näher. »Haben Sie sich schon entschieden?«

»Ob ich das Black Feather übernehme, meinen Sie?«

»Ja, richtig. Ihre Tante hätte das bestimmt gewollt.«

»Ich weiß, aber ich muss es mir gründlich überlegen«, sagte Nathalie.

»Es wäre zu schade, wenn Sie es nicht machten. Wenn man so hört, wer sich das Haus unter den Nagel reißen will, dann fürchte ich, dass ich bald kein Stammcafé mehr haben werde. Ich wüsste gar nicht, wohin ich dann gehen sollte. So etwas wie das Black Feather gibt es hier nirgendwo mehr. Die jungen Leute gehen ja lieber in Bars und solche Etablissements. Oder sie sitzen zu Hause und lassen sich ihr Essen liefern.« Miss Beresford seufzte betrübt. »Wie soll man noch mit anderen Menschen ins Gespräch kommen, wenn da nur noch der Pizzabote auftaucht, der kaum ein Wort rausbringt und nur so schnell wie möglich wieder weg will?«

»Tja, das bringt die Zeit nun einmal mit sich«, meinte Nathalie. »Bestimmt gibt es da irgendwann auch wieder einen neuen Trend, und dann ist es auf einmal angesagt, ins Café zu gehen und ein Stück Kuchen zu essen.«

Miss Beresford winkte ab. »Das werde ich bestimmt nicht mehr erleben …«

»Sagen Sie doch so was nicht«, konterte Nathalie.

»… weil der Trend erst in vierzig Jahren wiederkommt«, fuhr die andere Frau fort. »Und da wäre ich dann hundertfünfzehn. Und selbst wenn ich dann noch leben würde, wäre ich bestimmt nicht mehr in der Lage, mich auf den Weg ins Café zu machen.« Sie zuckte flüchtig mit den Schultern. »Außerdem wäre mir mit hundertfünfzehn auch bestimmt der Monet egal.«

Da war er wieder, der Monet. Aus dem Nichts kommend und auf eine Weise in die Unterhaltung geworfen, die es unmöglich machte, das Thema zu ignorieren. Aber obwohl sie von Louise gewarnt worden war, was die Glaubwürdigkeit dieser Frau anging, fand sie das Ganze doch rätselhaft genug, um mehr erfahren zu wollen.

»Sagen Sie, Miss Beresford, was genau hat das mit Ihrem Monet eigentlich zu bedeuten?«

»Mit *dem* Monet«, korrigierte die ältere Frau sie. »Nicht mit *meinem* Monet.«

»Gibt es da einen Unterschied?«

»Selbstverständlich«, antwortete Miss Beresford. »Der Monet ist der Monet, mein Monet ist mein Monet.«

»Ich … ich glaube, das müssen Sie mir irgendwie anders erklären. So kann ich dem Ganzen nicht folgen.«

»Also …« Die alte Dame hob hilflos die Schultern. »Ich weiß nicht, aber damit hatte Ihre Tante auch schon ein Problem, als ich ihr das damals mit dem Dürer sagte, und dann mit dem Vermeer. Und dem Warhol.«

»Dürer? Vermeer?«

»Ja, alles alte Meister. Kennen Sie die?«

Nathalie nickte. »Ja, natürlich kenne ich die. Aber was hat meine Tante damit zu tun?« Sie erinnerte sich zwar an die Bemerkung der Köchin, dass Miss Beresford schon einige Male etwas Ähnliches wie mit »ihrem« Monet veranstaltet haben musste, aber da war Tante Henriettas Name nicht gefallen.

»Na, sie hat sich bei den ersten zwei oder drei Vorfällen die Bilder wenigstens noch angesehen, aber danach hat sie sich nicht mehr darum gekümmert«, erklärte Miss Beresford traurig.

»Weil es nichts gab, um das sich jemand hätte kümmern können, wenn ich unsere Köchin richtig verstanden habe«, antwortete Nathalie. »Ich wünschte, ich könnte Ihnen helfen.«

»Es kümmert nur niemanden, weil es niemand sieht.«

»Wenn es niemand sieht, wie können Sie dann sagen, dass es so ist?«

»Weil ich es weiß. Ich weiß es, Miss Ames, ohne es sehen zu müssen.« Ihr Blick wanderte in Richtung Terrasse, dann stöhnte sie leise frustriert auf. »Der hat mir gerade noch gefehlt«, murmelte sie. »Miss Ames, ich muss mich auf den Heimweg machen. Entscheiden Sie sich für das Richtige.«

»Sie meinen das Black Feather?«

»Das auch«, rief sie Nathalie zu und marschierte zügig davon.

Als Nathalie ihr hinterhersah, entdeckte sie den mutmaßlichen Grund für den abrupten Aufbruch, der ihr aber gar nicht so ungelegen kam. Ein Polizist war auf dem Weg zum Black Feather, der seine Mütze abnahm, um Miss Beresford zu begrüßen. Seine Miene verriet aber wenig Begeisterung, und die ältere Dame schien ihn ihrerseits völlig zu ignorieren.

»Na, hat Miss Beresford versucht, Sie für ihre gefälschten Fälschungen ›zu begeistern‹, Miss Ames?«, fragte der Polizist, der einen grauen Zwergschnauzer an der Leine führte.

»Ähm … kennen wir uns?«, fragte Nathalie irritiert.

»Nein, aber ich weiß trotzdem, wer Sie sind«, sagte der Polizist, der weit jenseits der fünfzig sein musste. Seine deutlich übergewichtige Statur ließ Zweifel daran aufkommen, dass er einen Verbrecher würde einholen können. Sein Kopf war gerötet, und dabei schien er nicht mit seinem Hund gerannt zu sein. Er lächelte sie freundlich an, was eigentlich nur daran zu erkennen war, dass sich sein buschiger rötlicher Schnauzbart deutlich in die Breite zog, unter dem seine Lippen praktisch verschwanden.

»Louise hat mir gesagt, dass sie wegen des Black Feather hier sind, und sie hat mir eine sehr genaue Personenbeschreibung gegeben.« Er hielt ihr die Hand hin. »Constable Strutner. Ronald Strutner, der Mann für Recht und Ordnung in Earlsraven.«

»Angenehm, Constable. Nathalie Ames … obwohl, das wissen Sie ja schon«, sagte sie, drückte ihm die Hand und sah nach unten, da sich der Schnauzer an ihrem Bein hochgestreckt hatte, ein leises Jaulen ausstieß und aufgeregt mit dem Schwanz wedelte. Sie hockte sich hin und begann, den Hund zu kraulen. »Ist Miss Beresford nicht gut auf Sie zu sprechen?«, fragte sie. »Sie hat mit einem Mal die Flucht ergriffen und scheint an Ihnen einfach vorbeigestürmt zu sein.«

Strutner winkte ab. »Miss Beresford fühlt sich von ihrem Gesetzeshüter nicht ernst genommen, aber daran kann ich leider auch nichts ändern. Wenn sie mir alle paar Monate ein anderes Kunstwerk zeigt und behauptet, das sei nicht mehr das, was zwei Wochen vorher noch da gehangen oder gestanden hatte, und dann irgendwann erzählt, dass es jetzt auf einmal doch wieder richtig ist, kann ich als Polizist nur noch den Kopf schütteln und die Frau reden lassen.«

»Ich habe gehört, dass meine Tante wohl auch aufgegeben hatte, was Miss Beresford anging.«

»Das hat in Earlsraven wohl so gut wie jeder«, sagte der Constable und zog den kleinen Hund zurück, da er versuchte, Nathalies Gesicht abzulecken. »Hör auf damit, Jackson.«

»Jackson? Ungewöhnlicher Name für einen Hund.«

Strutner lächelte sie wieder an. »Der wird noch ungewöhnlicher, er heißt eigentlich sogar Colonel Jackson. Nach einem Bomberpiloten und Weltkriegshelden, der hier in Earlsraven aufgewachsen ist.«

»Aha«, machte Nathalie. »Das wusste ich auch noch nicht.«

»Ach, das werden Sie schon noch alles ganz nebenbei mitbekommen, wenn Sie das Black Feather übernehmen. Das tun Sie doch, oder?«

Nathalie hätte es eigentlich längst leid sein müssen, diese Frage schon wieder gestellt zu bekommen. Aber nach den ersten Malen und den damit verbundenen Gesprächen konnte sie niemandem in Earlsraven böse sein, der sie darauf ansprach und dabei mehr oder weniger deutlich zu verstehen gab, dass er von ihr ein klares, entschiedenes Ja hören wollte. Die Menschen hier wollten nicht, dass der Pub, das Café und das Hotel irgendwelchen Investoren oder Hotel- oder Restaurantketten in die

Hände fielen. Nach allem, was man ihr bislang zu den möglichen Kaufinteressenten gesagt hatte, würde das Black Feather in seiner jetzigen Form zu existieren aufhören und durch etwas ersetzt werden, das nicht zu Earlsraven und den Menschen hier passte.

Vermutlich war man grundsätzlich umso mehr gegen Veränderungen jeder Art eingestellt, je ländlicher man lebte, weil Traditionen in Dörfchen wie Earlsraven einen ganz anderen Stellenwert hatten als bei ihr zu Hause in Liverpool. Was das Black Feather betraf, ging es dagegen nicht bloß um etwas Liebgewonnenes, was man aus Bequemlichkeitsgründen nicht verändern wollte. Hier handelte es sich um eine Institution, die etliche Menschen aus dem Ort beschäftigte und von denen nur ein paar auf Aushilfsjobs hoffen konnten, wenn eine ausländische Hotelkette das Haus übernahm. Die Bauern würden sehr wahrscheinlich eine solche Hotelkette nicht beliefern können, weil die im großen Stil zu Preisen einkaufte, mit denen hier niemand mithalten konnte.

Es war nachvollziehbar, warum niemand eine solche Entwicklung erleben wollte. Umso erstaunlicher war es, dass die Menschen Nathalie so sehr zutrauten, das Richtige zu tun, obwohl sie sie kaum kannten.

Nach dem zehnten oder zwölften Lob war es ihr unheimlich geworden, weil diese Bemerkungen so klangen, als hätte ihre Tante, von einer Todesahnung getrieben, jedem davon erzählt, dass ihre Nichte das Black Feather erben würde.

Sie hatte sich an Louise gewandt, die sich erst eine Weile geziert, ihr dann aber anvertraut hatte, dass Henrietta sich spätestens in drei Jahren hätte zur Ruhe setzen wollen, allerdings unter der Voraussetzung, dass es ihr gelang, Nathalie als ihre Nachfolgerin zu gewinnen.

Ihr hatten die Worte gefehlt, als sie davon erfuhr. Was für ein gewaltiger Vertrauensvorschuss, hatte Nathalie gedacht, schließlich hatte sie nie ein herausragendes gastronomisches Geschick erkennen lassen, das so eine Absicht rechtfertigen konnte.

Wenn sich bei der Durchsicht der Geschäftsunterlagen irgendetwas ergab, was gegen eine Annahme des Erbes sprach, würde sie vor einem moralischen Dilemma stehen. Allerdings hatte Tante Henrietta sie gut genug gekannt, um zu wissen, dass Nathalie dieses Erbe nicht auf die leichte Schulter nehmen würde. Sie hätte sie ganz sicher nicht vorsätzlich einem solchen Druck ausgesetzt, über den Fortbestand und damit über das Schicksal von so vielen Menschen entscheiden zu müssen.

»Ich will nichts versprechen, was ich später nicht halten kann«, antwortete sie ausweichend, worauf Strutner fragend eine Augenbraue hochzog, die unter dem Schirm seiner Mütze verschwand. Sie zuckte hilflos mit den Schultern. »Ich habe noch keinen Überblick über alle Unterlagen«, erklärte sie. »Ich muss wirklich die Gewissheit haben, dass ich mir mit dem Lokal und allem Drum und Dran nicht einen Klotz ans Bein binde, der immer schwerer und schwerer wird, bis ich mich gar nicht mehr von der Stelle bewegen kann.«

»Das werden Sie nicht«, versicherte der Constable ihr. »Ihre Tante war die ehrbarste und anständigste Frau, die man sich vorstellen kann. Sie hat sich nie auch nur dazu verleiten lassen, sich Gedanken darüber zu machen, wie man beispielsweise einen Teil der Einnahmen an der Steuer vorbeischleusen könnte. Wenn mal ein Gast davon erzählte, wie er ein paar Pfund schwarz verdient hatte, dann schüttelte sie nur verständnislos den Kopf und ging meistens weg, um sich nicht auf eine Diskussion einzulassen.«

Während er redete, kramte er in seinen Taschen, als würde er irgendetwas suchen. »Sie können sich sicher sein, dass Ihre Tante keine krummen Geschäfte gemacht hat. Dafür lege ich meine Hand ins Feuer.« Dann tippte er mit einem Finger gegen den Schirm seiner Mütze. »Wir sehen uns, Miss Ames.« Mit diesen Worten ging er zum Café, wo er den Schnauzer vor der Tür anband, ehe er eintrat.

Nathalie sah ihm nach und konnte sich nur wieder wundern. Egal, mit wem sie sich auch unterhielt, jeder hatte über Tante Henrietta nur Gutes zu sagen. Ihr war zwar auch klar, dass man über Tote nicht schlecht reden sollte, aber wenn jemand einen Groll auf einen anderen hegte, dann änderte sich daran nicht zwangsläufig etwas, wenn dieser andere verstarb. Vielleicht hätte der Betroffene nicht gleich seinem Zorn freien Lauf gelassen, aber zumindest wäre derjenige nicht auf die Idee gekommen, ihre Tante in den höchsten Tönen zu loben. Dann hätte er sich wohl eher jeden Kommentar verkniffen.

Die Krönung war bislang dieser Constable, der ihre Tante fast schon zu einer Heiligen erklärt hatte. Das alles war erstaunlich, denn auch wenn Nathalie wusste, dass Henrietta kein schlechter Mensch gewesen war, hätte sie die eine oder andere kritische Bemerkung doch für völlig normal gehalten.

Ihr sollte das recht sein, denn je mehr Leute auf ein gutes Verhältnis mit ihrer Tante zurückblicken konnten, umso besser war das für ihren Ruf und ihren möglichen Erfolg als neue Chefin des Black Feather. Sogar die rothaarige Bedienung im Jim's Old Chair war noch aufgetaut, nachdem Nathalie beim zweiten Glas Limo nebenbei erwähnt hatte, dass sie Henriettas Nichte war.

Nathalie setzte schnell ihren Rundgang um das Haus fort, ehe sie noch jemandem begegnen konnte, der wissen wollte, wie sie sich entschieden hatte. Sie kam am Wohnzimmerfenster der Wohnung ihrer Tante vorbei und wurde sich erstmals der Tatsache bewusst, dass die ungesicherten Fenster im Erdgeschoss eigentlich eine Einladung für jeden Einbrecher waren. Rollläden ließen sich da nicht montieren, da die Kästen dafür außen hätten angebracht werden müssen, was aber die gesamte Fassade ruiniert hätte.

Trotzdem würde sie sich irgendetwas einfallen lassen müssen, wenn sie auf längere Sicht hierbleiben würde. Früher im Gästezimmer ihrer Tante hatte ihr das noch nichts ausgemacht, sondern oft hatte sie sogar das Zimmer durchs Fenster verlassen und betreten, um den Weg abzukürzen. Aber da war sie auch nur zu Gast gewesen …

Sie ging weiter um den Anbau herum, in dem sich die Wohnung ihrer Tante befand, als sie auf einmal hinter der nächsten Ecke seltsame polternde Geräusche hörte. Sie blieb stehen, lauschte aufmerksam und warf vorsichtig einen Blick um die Ecke. Als sie den Grund für den seltsamen Lärm entdeckte, musste sie sich ein Lachen verkneifen, um die beiden »Randalierer« nicht zu verscheuchen. Zwei Krähen machten sich an einem halben Dutzend Fressnäpfen zu schaffen, zogen sie über den gepflasterten Platz hinter der Küche, packten sie und warfen sie hoch genug in die Luft, damit sie verkehrt herum auf dem Boden landeten. Das hier musste die Futterstelle für die streunenden Katzen sein, von der Louise erzählt hatte, aber offenbar hatte sich zumindest auch bei den Krähen herumgesprochen, dass hier von Zeit zu Zeit etwas zu fressen zu finden war.

Tatsächlich pickten die Vögel immer wieder irgendetwas auf, vermutlich Essensreste, die die Katzen übersehen hatten. Nathalie betrachtete eine Weile das Schauspiel, das vor allem deshalb so geräuschvoll war, weil es sich um Blechnäpfe handelte. Sie beschloss, die beiden Krähen nicht zu stören, und kehrte durch das Café zurück ins Haus. Dort kam ihr der Constable mit einem kleinen Pappkarton entgegen, in den Kuchen zum Mitnehmen verpackt worden war.

Nathalie nickte ihm zu, er reagierte mit einem freundlichen Lächeln, dann bückte er sich und band Colonel Jackson los.

Zurück im Büro sah Nathalie auf ihre Liste, um festzustellen, welchen Ordner sie sich als Nächsten vornehmen wollte. Der Vermerk hinter dem Ordner besagte nach dem von Louise angewandten System, dass er sich in der kleinen Abstellkammer schräg gegenüber des Schreibtischs befand. Die Kammer war nur mit einem Vorhang abgeteilt, dessen großflächiges Kreismuster in Braun und Orange vermuten ließ, dass er noch aus den Siebzigern stammte.

Nathalie schob den Vorhang zur Seite und machte das Licht an, aber im gleichen Moment gab es einen Blitz und einen Knall, und in der Kammer blieb alles dunkel.

»Ich habe doch irgendwo Glühbirnen liegen sehen«, murmelte Nathalie, dann fiel ihr ein, dass in der untersten Schreibtischschublade mehrere Ersatzbirnen auf Vorrat lagen. Sie holte eine und kehrte in die Kammer zurück, dann schaltete sie die Taschenlampe an ihrem Smartphone ein, um die Wandleuchte sehen zu können.

Dabei fiel ihr Blick auf eine Klapptür in der Decke, die mit einem Vorhängeschloss gesichert war.

»Was macht denn die Tür da?«, wunderte sie sich murmelnd, während sie die Birne austauschte. Als sie wieder Licht genug hatte, überprüfte sie den dicken Schlüsselbund, den sie von Louise erhalten hatte, aber keiner der Schlüssel passte zu diesem Schloss.

Sie nahm den Ordner mit und legte ihn auf den Tisch, dann verließ sie das Büro, um nach Louise zu suchen, weil sie diese Tür in der Decke zu sehr beschäftigte. In der Küche war die Köchin nicht, und die beiden Helfer konnten ihr auch nicht sagen, wo sie sie finden konnte. Daraufhin ging Nathalie rauf in den ersten Stock, um sich anzusehen, wohin die Tür führte. Sie betrat den Materialraum, in den sie so wie in alle Zimmer mit ihrem Generalschlüssel gelangen konnte. Der befand sich genau über ihrem Büro, war aber bestenfalls ein Viertel so groß und reichte nach links nicht annähernd so weit, dass sie sich auf gleicher Höhe mit dem Vorratsraum im Stockwerk darunter befunden hätte. »Also das nächste Zimmer«, sagte sie laut und schloss die Tür ab. Bis zur Tür waren es gut vier bis fünf Meter, aber als sie den Wäscheraum aufschloss, befand sich gleich rechts von der Tür eine massive Wand.

Sie wusste von Geheimgängen und Korridoren in alten Herrenhäusern, die hinter den Kulissen verliefen und meistens dem Personal gedient hatten, damit die hohen Herrschaften dem einfachen Volk nicht begegnen mussten. Nur waren das schmale Korridore und enge Wendeltreppen, die so wenig Platz beanspruchten, dass man schon genauer hinsehen musste, um sie überhaupt zu bemerken. Das hier dagegen war von einer ganz anderen Größenordnung, da die Existenz eines kompletten Zimmers von bestimmt fünfzehn Quadratmetern Größe verschwiegen werden sollte.

Nathalie schloss ab und ging nach unten, verließ aber noch einmal durch das Café das Haus und sah sich die Fassade an. Dort war das Fenster zum Büro, darüber das schmale Fenster des Materialraums und da das ebenfalls schmale Fenster der Wäschekammer – und dazwischen … dazwischen zierten zwei doppelflügelige Fenster die Fassade.

Grübelnd kehrte sie ins Büro zurück und setzte sich an den Schreibtisch, konnte sich aber nicht auf die Dokumente konzentrieren, da sie immer wieder an das Zimmer gleich über ihr denken musste. Ihre Fantasie gaukelte ihr die schlimmsten Dinge vor, von eingemauerten Jungfrauen bis hin zu Portalen in andere Dimensionen, in denen abscheuliche Kreaturen über die Welt herrschten. Letzteres schob sie vor allem darauf, dass sie sich seit ein paar Wochen zu intensiv mit den Geschichten von H.P. Lovecraft befasst hatte.

Nach einer Weile kam Louise herein, was so unverhofft geschah, dass Nathalie einen spitzen Schrei ausstieß, als sie aus dem Augenwinkel auf einmal eine Bewegung vernahm.

»Ich weiß, meine Haare sind heute ein bisschen widerborstig«, meinte die Köchin grinsend, während sie sich vor den Schreibtisch stellte. »Aber ich hätte nicht gedacht, dass ich so schlimm aussehe.«

»Tut mir leid, ich … ich war in Gedanken«, sagte Nathalie und atmete tief durch. »Was kann ich für Sie tun?«

»Ich glaube, ich kann wohl eher etwas für Sie tun«, erwiderte die Frau. »Ich habe gehört, dass Sie nach mir gesucht haben.«

»Ja, richtig.« Nathalie hob die Hand und zeigte zur Decke. »Was ist da drüber?«

»Der erste Stock«, gab Louise, ohne zu überlegen, zurück, aber gerade das irritierte Nathalie. So antwortete eigentlich jemand, der wusste, was der andere meinte. Die meisten Leute hätten ganz sicher erst mal mit einem »Wie?« reagiert und dann nachgefragt, um was es überhaupt ging.

»Ich meine, genau über dem Büro.«

»Das … müsste der Materialraum sein.«

»Und links daneben?«

»Das Wäschezimmer.«

»Und dazwischen?«

Louise sah sie verständnislos an, doch das schien genauso einstudiert wie die prompte Reaktion auf ihre erste Frage.

»Eine Mauer«, sagte Louise achselzuckend. »Was sonst?«

»Eine fünf Meter dicke Mauer, die zwei Fenster mit bester Sicht auf das Dorf hat?«

Die Köchin strich sich über die Haare. »Ich kann es nicht sagen.«

»Können Sie nicht? Oder wollen Sie nicht? Oder dürfen Sie nicht?«

»Ich darf das erst, wenn Sie das Black Feather übernehmen.«

Nathalie stutzte. »Ich dachte, Sie haben mir alles gegeben und gesagt und gezeigt.«

»Alles, was ich Ihnen geben, sagen und zeigen *durfte*. Das da«, sie deutete zur Decke, »gehört nicht dazu.«

»Nicht mal eine Andeutung?« Louise schüttelte den Kopf. »Das heißt … was heißt das?«, fragte Nathalie. »Ich weiß nicht, was ich davon halten soll. Wie soll ich eine Entscheidung treffen, wenn ich nicht weiß, was mich hinter dieser Klapptür erwartet? Wie soll ich ruhigen Gewissens sagen können, dass ich das Black Feather weiterführen werde, wenn da oben irgendetwas versteckt worden ist, was mich hinter Gitter bringen könnte – falls ich ganz großes Pech habe, meine ich.«

Sekundenlang schien Louise mit sich zu ringen, schließlich erklärte sie: »Ich kann Ihnen eines verraten. Wenn Sie das da oben sehen, werden Sie sich entweder fragen, was sie mit diesem Unsinn anfangen sollen, und den Auftrag erteilen, alles einzupacken und zur Mülldeponie zu bringen. Oder Sie werden davon begeistert sein.«

»Hm«, machte Nathalie unschlüssig. »Dann erwartet mich also keine böse Überraschung?«

»Garantiert nicht.«

Nach einem kurzen Moment nickte sie Louise zu. »Ich hoffe, ich werde es nicht bereuen, dass ich Ihnen vertraue.«

Sechstes Kapitel, in dem Nathalie in ein Geheimnis eingeweiht wird, was nicht ohne Folgen bleibt

Der Jubel nahm kein Ende. Die gesamte Belegschaft lag sich in den Armen, sie ließen Nathalie hochleben und schrien und johlten so ausgelassen, dass die junge Frau sich die Ohren zuhalten musste, bis allmählich wieder Ruhe einkehrte.

Sie hatte natürlich mit Freude gerechnet, immerhin hatten diese Menschen die letzten sechs Tage zwischen Hoffen und Bangen verbracht, während sie sich durch Berge von Unterlagen gekämpft hatte, um sich ja keine Fehlentscheidung einzuhandeln. Neben dem Sichten der Papiere hatte sie auch noch Termine mit drei Banken, eine lange Sitzung mit dem Steuerberater ihrer Tante sowie Treffen mit zwei Gutachtern gehabt, die kurzfristig genug hatten einspringen können, um sich das Haus anzusehen. Eine von Nathalies größten Sorgen waren die aktuellen Sicherheits- und Brandschutzvorschriften gewesen, die derart schmale Gänge und Treppen für heutige Hotels und Lokale strikt untersagten. Ihre Tante hatte zwar vor langer Zeit eine Ausnahmegenehmigung erhalten, weil für das Gebäude wegen seines Alters Bestandsschutz galt und es nicht an die aktuellen gesetzlichen Vorschriften angepasst werden musste. Aber das hatte sich Nathalie vorsichtshalber von beiden Architekten noch einmal bestätigen lassen.

Da sie am Wochenende in Earlsraven angekommen war, hatte zwei Tage lang trügerische Ruhe geherrscht, durch die sie mit ihrer Arbeit recht zügig vorangekommen war. Kaum war aber der Montag angebrochen, musste sich in der Branche im Eiltempo herumgesprochen haben, dass die potenzielle Erbin des Black Feather eingetroffen war. Bereits um zehn Uhr am Montagmorgen hatte der erste hoffnungsvolle Investor vor der Tür gestanden, um Nathalie ein Angebot zu machen, das sie »ganz sicher nicht würde ablehnen können«.

Sie konnte es aber, und dazu genügte ein flüchtiger Blick auf den Betrag, den der überheblich dreinschauende Mann auf der Rückseite seiner Visitenkarte notiert hatte – die Augenblicke später in seiner Anwesenheit im Reißwolf landete. Kaum war er gegangen, gab es den ersten Anruf von einem anderen Investor, dem weitere folgten.

Als sich dann auch noch scheinbare Gäste im Pub während der Mittagszeit als interessierte Geldgeber entpuppt hatten, die ihr das Anwesen abkaufen wollten, war Nathalies Geduld am Ende gewesen. Sie hatte das Personal angewiesen, jeden Anrufer und jeden Besucher abzuwimmeln. Insgesamt hatte das sehr gut funktioniert, ausgenommen ein paar sehr hartnäckige Kandidaten, die früher schon versucht haben mussten, ihre Tante zum Verkaufen zu bewegen.

Anders ließ sich nicht erklären, dass sie genau wussten, wo sich das Büro befand, da sie einfach vor dem Fenster auftauchten und gegen die Scheibe klopften. Es war ihr nichts anderes übrig geblieben, als die Vorhänge zuzuziehen, bis irgendwann Ruhe einkehrte.

Am späten Mittwochabend hatte ihr Entschluss dann festgestanden. Auch wenn die Mitarbeiter des Black Feather es als Erste hätten erfahren sollen, hatte sie dennoch davon abgesehen, da sich gegen Mitternacht nur noch die paar Leute von der Nachtschicht im Haus befanden. Also hatte sie geduldig gewartet und stattdessen erst um acht Uhr morgens eine SMS an den gesamten Mitarbeiterstab verschickt, um sie alle für neun Uhr zusammenzutrommeln. Erst als von allen eine Bestätigung eingegangen war, war ihr aufgefallen, dass niemand von ihnen bei der Antwort einen wie auch immer gearteten Smiley mitgeschickt hatte. Dadurch war ihr klar geworden, dass sie bei vermutlich allen Angestellten die schlimmsten Befürchtungen ausgelöst hatte, obwohl der Wortlaut ihrer SMS eigentlich neutral gehalten war.

Sie hatte kurz überlegt, ob sie noch eine SMS hinterherschicken sollte, hatte sich aber dann dagegen entschieden. Diese Stunde dürften alle ihre Angestellten sicher noch überleben – ihre Angestellten, die jetzt tatsächlich *ihre* Angestellten waren.

Allerdings würde sie sich zukünftig bemühen, sich ihnen unmissverständlicher mitzuteilen, und vor allem auch auf eine verbindlichere, persönliche Art. Sie musste sich vor Augen halten, dass das Black Feather so etwas wie ein Familienbetrieb war, auch wenn sie mit keinem der Angestellten verwandt war. Aber in diesem Lokal arbeitete niemand nur für sich, sondern für den gesamten Betrieb. Verhielt sich ein Kellner unhöflich, fiel das auf das Black Feather zurück. Lieferte die Küche ungenießbares Essen, war es für den betroffenen Gast das Black Feather, das einem eine solche Zumutung servierte.

Sie musste sich unbedingt von ihren Gewohnheiten verabschieden, mit denen sie bislang im Beruf gut zurechtgekommen war. Einem ihrer bisherigen Kollegen konnte sie kommentarlos eine Mail schicken, um ihn wissen zu lassen, dass der Faktor X um zwanzig Prozent gesunken war. Der wusste sofort, was damit gemeint war und würde keine schlaflosen Nächte haben. Würde sie hier im Café im Vorbeigehen anmerken, dass der Umsatz an Kirschtorten um dreißig Prozent nachgelassen hatte, würde sie damit vermutlich Panik auslösen, obwohl es dafür gar keinen Grund gab. Oh ja, sie würde noch an sich arbeiten müssen.

Allmählich kehrte wieder Ruhe ein, und genau in dem Moment klingelte ihr Smartphone. Fast hätte sie den Anruf einfach weggedrückt, weil sie vermutete, dass irgendein hartnäckiger Investor nicht aufgeben wollte, doch dann sah sie Glenns Namen auf dem Display. Am Abend zuvor hatte sie ihn angerufen, um ihm vor allen anderen zu sagen, dass sie vorläufig in Earlsraven bleiben würde, doch er war nicht erreichbar gewesen. Sie hatte nur um seinen Rückruf gebeten, weil sie eine Entscheidung von solcher Tragweite nicht auf seine Mailbox sprechen wollte.

»Hallo, Glenn«, begrüßte sie ihn, musste sich aber sehr auf seine Stimme konzentrieren, um vor dieser Geräuschkulisse etwas zu verstehen. »Ich hatte dich gestern Abend angerufen und …«

»Ja, ich weiß«, sagte er und klang fröhlicher als bei den letzten Telefonaten, die sie geführt hatten, seit er ohne sie nach Hause gefahren war. »Ich war noch mit den Jungs im Pub, und als ich deinen Anruf gesehen habe, war's schon viel zu spät, um dich aus dem Schlaf zu reißen. Sag mal, ist das Jubel im Hintergrund?«

»Ja, das ganze Team vom Black Feather freut sich, weil …«

»Warte, sag nichts«, unterbrach Glenn sie. »Welcher von den Investoren, die ich dir geschickt habe, hat dich überzeugen können? Lawrence Addams? Du weißt schon, der das Black Feather in diesen Glaskasten stecken will, damit er ringsum sein Hotel hinsetzen kann?«

»Nein, es ist vielmehr so, dass …« Sie stutzte, da sie erst jetzt begriff, was er gesagt hatte. »Du hast *was?* Mir Investoren geschickt?«

»Ja, ich dachte mir, ich tue dir was Gutes und gebe ein paar Leuten einen Tipp, von denen ich weiß, dass die spendabel sein können«, redete er fröhlich weiter. »Wenn ich schon solche Kontakte in London sitzen habe, dann sollen die sich auch mal bezahlt machen. Also, wer von denen darf zahlen?«

Nathalie war hin- und hergerissen. Einerseits hätte sie vor Wut platzen können, weil es eine so maßlose Unverschämtheit war, sich auf diese Weise in ihre Angelegenheiten zu mischen, andererseits war sie seltsam gerührt, dass er so etwas für sie getan hatte. Bestimmt hätte sie mit einem zweistelligen Millionenbetrag nach Hause gehen können und nie wieder einen Finger rühren müssen.

Sie wäre sich selbst gegenüber nicht ehrlich gewesen, wenn sie darauf beharrt hätte, dass das Geld sie nicht kümmerte und das Andenken ihrer Tante wichtiger war als zehn oder zwanzig Millionen Pfund auf dem Konto. Aber das hielt nur einen Moment lang an, denn als sie wieder in zwei Dutzend strahlende Gesichter sah, von denen viele vor Erleichterung und Dankbarkeit Tränen in den Augen hatten, da wusste sie, dass sie die richtige

Entscheidung getroffen hatte und dass sie nicht in der Lage gewesen wäre, jetzt noch einen Rückzieher zu machen. Sie nickte allen zu und drehte sich zur Seite, damit sie ein paar Schritte gehen konnte, bis das Personal von dem Telefonat nichts mitbekam.

»Keiner. Ich übernehme das Black Feather«, brachte sie schließlich heraus.

»Du … was? *Was?*« Glenn schien seinen Ohren nicht zu trauen.

»Ich rufe dich in zehn Minuten zurück«, erwiderte sie, da sie ahnte, dass das ein längeres Gespräch werden könnte. Und das wollte sie ganz bestimmt nicht in diesem Augenblick erledigen. Nachdem sie aufgelegt hatte, wandte sie sich wieder ihren Angestellten zu. Die hatten sich inzwischen beruhigt und sahen sie erwartungsvoll an.

Nathalie nickte zufrieden. »Sie bleiben alle hier beschäftigt, ich übernehme Sie alle zusammen mit dem Black Feather. Ich habe mir die monatlichen Personalkosten angesehen, und auch wenn da ein stattlicher Betrag zusammenkommt, leisten Sie alle gute Arbeit, auf die ich nicht verzichten möchte. Jeder von Ihnen weiß, was er zu tun hat.« Sie sah in die Runde und nickte, als würde sie auf eine unausgesprochene Frage reagieren. »Natürlich fragen Sie sich jetzt alle: Was wird die neue Chefin umkrempeln? Werden wir Uniformen mit albernen Hütchen tragen müssen, als wären wir bei Burger King? Wird sie uns dazu anhalten, den Gästen mehr aufzuschwatzen, als sie bestellt haben? Nun, ich denke, ich kann Sie beruhigen und Ihnen versichern, dass solche Verkaufstaktiken hier nicht Einzug halten werden. Nach allem, was ich in den letzten Tagen gesehen habe, glaube ich, dass es nur wenig zu ändern gibt. Ich konnte beobachten, dass sich bei einigen von Ihnen die eine oder andere Routine eingeschlichen hat, durch die Sie sich unnötig Arbeit machen. Was ich beobachtet habe, werde ich mit jedem Einzelnen von Ihnen in den nächsten Tagen in Ruhe besprechen. So, das wär's für den Anfang, jeder von Ihnen weiß Bescheid. An die Arbeit.« Sie nickte allen noch einmal lächelnd zu und sah der Gruppe hinterher, die sich in alle Richtungen zerstreute.

»Ach, Louise«, rief sie. »Würden Sie noch kurz bleiben?«

Die Köchin löste sich von den anderen, die lachend und quasselnd weitergingen.

»Ja … Boss?«, sagte sie grinsend.

»Das Zimmer.«

»Jetzt?«

Nathalie nickte. »Seit drei Tagen und so und so vielen Stunden sitze ich da und überlege, ob da oben die Mumie von Captain Nemo lagert oder ob Sie einen Alien gefangen und in einen Behälter mit Spiritus gesteckt haben. Jetzt will ich es wissen.«

»Na, dann soll es so sein«, erwiderte Louise und hielt an ihrem Schlüsselbund den Schlüssel hoch, der Nathalie den Weg zu diesem rätselhaften Raum öffnen sollte.

»Gut, wir treffen uns in zehn Minuten in meinem Büro. Ich habe noch ein Telefonat zu erledigen.«

»Viel Glück«, sagte Louise und zwinkerte ihr zu.

Nathalie schlenderte in Richtung Waldrand, um ungestört telefonieren zu können, und wählte Glenns Nummer.

Als er sich meldete, kam nur ein ungläubiges: »Wieso?«

»Weil das Lokal und das Café und das Hotel … weil das alles zusammen eine Goldgrube ist«, erklärte sie.

»Du … du machst Schluss mit mir?«, war seine einzige Reaktion.

»Wie kommst du denn auf diese Idee?«, fragte sie verständnislos.

»Ist das nicht eindeutig? Du in Earlsraven, am Ende der Welt, ich mitten in Liverpool, wo das Leben pulsiert? Wie soll das funktionieren?«

»Du hast an den Wochenenden frei, ich kann mir freinehmen, wann immer ich will«, machte sie ihm klar. »Also können wir uns mal hier, mal zu Hause treffen und das Wochenende zusammen verbringen. Und vergiss nicht, ich habe ja nicht gesagt, dass ich den Laden bis in alle Ewigkeit führen werde, aber du weißt, dass ich mindestens ein Jahr hierbleiben muss, damit ich das Black Feather überhaupt erben kann. Selbst wenn ich mich mit einem deiner Investoren geeinigt hätte, ich würde um das Jahr hier nicht herumkommen.«

»Oh, stimmt«, murmelte er und entdeckte den Denkfehler, der ihm unterlaufen war.

»Jetzt haben wir sogar ein Jahr Zeit, um es deinen Leuten schmackhaft zu machen und dafür zu sorgen, dass sie sich gegenseitig noch ein bisschen überbieten«, legte sie ihm dar, wobei sie nicht das Gefühl hatte, von ihren eigenen Worten überzeugt zu sein. Aber es war nun mal eine Möglichkeit, die ihr offenstand, wenn sie die Bedingungen ihrer Tante erfüllte. Und wenn sie nach ein paar Monaten wirklich keine Lust mehr auf das Black Feather hatte, würde sie den Rest der Zeit schon irgendwie absitzen, um dann in ihr altes Leben zurückzukehren.

»Und dein Job?«, wollte Glenn wissen.

»Da muss ich nur noch Bescheid geben«, sagte sie. »Ich habe Anfang der Woche mit dem Personalchef telefoniert, und er hat mir, nach Rücksprache mit meiner Abteilung, gestern mitgeteilt, dass ich für ein Jahr meine Arbeit ruhen lassen kann, ohne gekündigt zu werden und ohne nach meiner Rückkehr irgendwelche Nachteile hinnehmen zu müssen. Eine Art Sabbatical … Zwei laufende Projekte muss ich allerdings von hier aus noch fertigstellen. Das ist bei meinem Beruf ja Gott sei Dank kein Problem!«

»Du hast an alles gedacht, wie?«, gab er zurück, nur klang es leider nicht so ganz nach dem Lob, das es hätte sein können. Sein Tonfall gab der Bemerkung eher einen leicht vorwurfsvollen Beigeschmack.

Ihr war klar, dass Glenn sich über diese Entwicklung nicht von ganzem Herzen freuen konnte, aber sie war davon überzeugt, dass sie dieses Jahr unbeschadet überstehen würden, wenn die Liebe von beiden Seiten wirklich so groß war, wie sie beide glaubten oder zumindest hofften.

»Sehen wir uns am Wochenende?«, fragte er und klang so depressiv, als hätte sie schon im Voraus für die nächsten zehn Jahre anderweitige Verpflichtungen angekündigt.

»Wenn du mir helfen willst, meine Koffer zu packen und herzubringen, damit ich mehr zum Anziehen habe?«

»Ach ja, deine Koffer«, murmelte er. »Ja, klar helfe ich dir. Sag mir Bescheid, wann du hier bist …«

»Es wäre nicht schlecht, wenn du mich abholen würdest«, sagte sie in einem leicht ironischen Tonfall. »Du erinnerst dich bestimmt, dass ich ohne Wagen hier bin.«

»Wie? Oh, ach, stimmt ja. Genau, dann sag mir, wann ich dich abholen soll.«

»Na ja, wenn du Freitagabend herkommst, können wir Samstagmorgen losfahren«, gab sie zu bedenken.

»Ach, dann starte ich lieber am Samstag um fünf Uhr oder so, dann bin ich auch gegen acht da, und wenn wir dann direkt losfahren, sind wir um elf zu Hause. Dann hast du noch genug Zeit, um die Koffer zu packen.«

Nathalie verdrehte die Augen, als sie ihn hörte. Warum mussten manche Männer bloß so begriffsstutzig sein? Sie hatte ihn soeben dazu eingeladen, hier zu schlafen, also die Nacht mit ihr zu verbringen, aber das war nicht bei ihm angekommen. Sie konnte jetzt schon Wetten darauf abschließen, dass er am Samstagmorgen gleich nach seiner Ankunft sagen würde: »Zu dumm. Weißt du, was mir unterwegs eingefallen ist? Wenn ich gestern Abend gefahren wäre, hätten wir wenigstens eine Nacht mehr für uns gehabt.«

So blieb ihr nichts weiter zu tun, als sich zu verabschieden und sich auf den Samstag zu freuen, wenn Glenn dann hier eintraf und vor sich die stolze Eigentümerin des Black Feather sah.

»Was ist denn *das?*«, flüsterte Nathalie, nachdem sie die ausklappbare Treppe erklommen hatte, die fest mit der Klapptür verbunden war. Wohin sie auch sah, alles war mit Regalen vollgestellt, worin sich Kartons in allen möglichen Größen stapelten. Die Kartons waren mit Zahlenkombinationen und irgendwelchen Kürzeln beschriftet, die zumindest bei einem flüchtigen Blick keinen Sinn ergaben und somit auch nichts über den Inhalt verraten konnten.

»Willkommen im Gehirn«, sagte Louise, nachdem sie gleich nach Nathalie durch die Luke geklettert war und mitten im Raum stand.

»Im Gehirn?«, wiederholte Nathalie irritiert. »Was soll das darstellen?«

»Um das zu erklären, muss ich ein wenig ausholen.« Sie ging zur breiten Fensterbank, nahm die Kartons weg, die dort standen, und setzte sich hin. Mit einer Geste bedeutete sie Nathalie, neben ihr Platz zu nehmen. »Das alles hier geht auf Miss Appleby zurück, die Vorgängerin Ihrer Tante. Eine sehr … sagen wir … interessierte Frau, was das Leben ihrer Mitmenschen anging.«

»Interessiert im Sinne von neugierig, nehme ich an.«

Louise nickte. »Sie beobachtete alles und jeden, sie wusste über jeden Einwohner von Earlsraven und jeden Besucher im Pub Bescheid … damals gab es noch kein Café, das hat Ihre Tante ja erst eröffnet …«

»Und was fing sie mit diesem Wissen an?« Nathalie gestikulierte hilflos mit beiden Händen, als wollte sie nach irgendwas fassen.

»Sie machte sich unbeliebt. Weil sie Dinge über die Leute wusste, die die lieber für sich behalten wollten, konnte sie sie damit unter Druck setzen.«

»Erpressen«, warf Nathalie ein und fragte ungläubig: »Und das hat meine Tante übernommen?«

»Nein, nein, lassen Sie mich erst erzählen«, sagte Louise ruhig. »Miss Appleby hat von niemandem Geld verlangt, damit sie schweigt, es ging ›nur‹ um kleine Gefälligkeiten, zum Beispiel eine Besorgung oder irgendeine Reparatur im Haus, weil vielleicht eine Tür knarrte. Dinge dieser Art.«

»Erpressung ist es trotzdem.«

»Nun, es heißt, dass sie nie offen damit gedroht haben soll, etwas zu verraten, wenn derjenige ihr nicht den gewünschten Gefallen tun wollte. Das lief viel subtiler ab, indem sie beispielsweise den Mann aus dem Haus gegenüber gefragt hat, wer denn die hübsche Blondine sei, die ihn jeden Tag besuchen würde, seit seine Frau zur Kur weg war. Oder ob dieser nette ältere Herr, der neulich bei den Winstons vor der Tür stand, eigentlich immer noch als Gerichtsvollzieher arbeite. Sie musste es nicht aussprechen, sie hat einfach nur deutlich gemacht, dass sie genau wusste, was lief. Und dann hat sie immer ganz zurückhaltend gefragt, ob Mr Winston wohl mal ihren Wagen waschen und polieren könnte. Oder ob Mr Selby bei Gelegenheit den Gartenzaun um ihr Haus streichen könnte.«

»Sehr raffiniert«, murmelte Nathalie, die von solchen Machenschaften gar nichts hielt. »Und warum hat meine Tante das hier alles behalten?«

»Als Henrietta das Black Feather übernahm, wollte sie damit gar nichts zu tun haben«, betonte Louise. »Sie wollte das ganze Zeugs loswerden, aber sie konnte das natürlich nicht einfach auf den Müll werfen, weil die Unterlagen dann vielleicht in die falschen Hände geraten wären. Und diese Firmen, die Geschäftsunterlagen professionell abholen und vernichten, verlangen dafür sehr viel Geld. Also ließ sie alles so, wie es war. Ein paar Monate später fing ich hier als Köchin an. Wegen meiner … Vorkenntnisse weihte sie mich in dieses ›Archiv der puren Neugier‹ ein. Oder genauer gesagt … sie zeigte mir das, was zu der Zeit hier war und jetzt im Keller lagert. Das hier oben ist alles unser Werk.«

»Dann haben Sie sie dazu überredet, Leute auszuspionieren?«

»Es geht nicht ums Ausspionieren«, konterte Louise. »Es geht nur darum, das zu notieren, was man beobachtet, was einem erzählt wird, was sich andere Leute gegenseitig berichten, während man danebensitzt und es ungewollt mit anhört.«

»Das ist nichts anderes als ausspionieren«, beharrte Nathalie.

»Henrietta und ich haben nur festgehalten, was wir mitbekommen haben. Wir haben nirgendwo Wanzen installiert, es gibt keine Kameras, die heimlich alles aufnehmen.«

»Trotzdem hätten Sie meine Tante nicht dazu überreden müssen, mit diesem Kram weiterzumachen.«

»Vermutlich hätte ich das auch nicht getan, wenn da nicht dieser Fund gewesen wäre«, fuhr Louise fort.

»Was für ein Fund?«

»Ein unglaublicher Zufallstreffer. In den Achtzigern wurde einige Meilen südlich von hier eine Zwölfjährige ermordet. Gemma Maysfield. Die Leiche wurde erst Jahre später viele Meilen vom Wohnort entfernt gefunden, die Polizei konnte keinen Verdächtigen ermitteln und wandte sich an … an andere Behörden.«

Nathalie zog argwöhnisch eine Augenbraue hoch und sah, dass Louise diese Reaktion nicht entging.

Die Köchin fuhr fort: »Es konnte ein enger Täterkreis ermittelt werden, aber alle drei hatten wasserdichte Alibis. Beim Anblick dieser Unterlagen hier kam ich auf die verrückte Idee, mir die Notizen von dem Tag anzusehen, an dem Gemma spurlos aus dem Haus ihrer Eltern verschwand. Ich wollte meinen Augen nicht trauen, als ich einen Übernachtungsbeleg entdeckte, auf dem der Name eines Verdächtigen stand, zusammen mit einer Personenbeschreibung, die Miss Appleby notiert hatte – und mit dem Kennzeichen des Wagens, mit dem er hier unterwegs gewesen war.«

»Sagen Sie nicht, Sie konnten den Mann überführen!«

Louise nickte. »Die Beschreibung passte, es war seine Handschrift, und wir konnten sogar den Wagen ausfindig machen, der einem Bekannten gehört hatte. Der hatte ihn mittlerweile an einen Sammler verkauft, der alte Autos restaurierte. Da der Mann seit einiger Zeit arbeitslos war und kaum Geld zur Verfügung hatte, standen dieser Wagen und noch ein paar andere in einer Halle und warteten darauf, dass sie an die Reihe kamen. Wir konnten im Kofferraum Haare des Opfers finden, das Alibi des Täters zerplatzte wie eine Seifenblase, da er niemals um Mitternacht in Glasgow hätte sein können, wenn er erst gegen elf im Black Feather eingetroffen war, um ein Zimmer zu nehmen.«

»Und das alles verdankten Sie nur Miss Applebys Neugier?« Nathalie sah sie verdutzt an.

»Richtig. Als Ihre Tante das hörte, war das einer von zwei Gründen, Miss Applebys Tradition fortzusetzen und auch alles festzuhalten und zu archivieren, aber eben nicht mit dem Hintergedanken, andere Leute zu Gefälligkeiten zu … ›überreden‹.«

»Und der zweite Grund?«

»Haben Sie schon Constable Strutner kennengelernt?«

»Ja, vor ein paar Tagen kam er mir mit seinem Schnauzer entgegen …«

»Colonel Jackson.«

»Ja, richtig.

»Was halten Sie von ihm?«, wollte Louise wissen.

»Er ist nett und freundlich«, antwortete Nathalie. »Für einen Polizisten wiegt er allerdings etwas zu viel. Mich würde nicht wundern, wenn er nach zehn Metern jede Verfolgung abbricht, weil er entweder keine Luft mehr bekommt oder sein Herz nicht mitmacht.«

»Das trifft alles zu«, bestätigte die Köchin. »Und es gibt noch zwei Dinge, die Sie wissen sollten: Er ist ein Trottel, und Ihre Tante hatte jahrelang ein Verhältnis mit ihm.«

Siebtes Kapitel, in dem Nathalie Dinge erfährt, die sie nicht für möglich gehalten hätte

»Ein Trottel? Ein Verhältnis … mit Tante Henrietta?«, wiederholte Nathalie ungläubig. »Aber … was … was hat das mit diesen Papieren zu tun?«

»Sehr viel«, sagte Louise und rieb sich beiläufig die Hände. »Wenn nicht sogar alles. Lassen Sie es mich so formulieren: Inspector Clouseau ist eine abgeschwächte Variante von Constable Strutner. Als Mensch ist Strutner ein Engel, er ist einfach wunderbar, und mir war auch immer klar, was Henrietta in ihm gesehen hat. Weil er so gutherzig ist, kann man ihm einfach nicht böse sein, dass er als Polizist so dusselig ist. Es ändert aber nichts daran, dass er nun mal ein Trottel ist und seine Arbeit eigentlich nicht erledigt bekommt.«

»Trottel klingt so … hart«, fand Nathalie.

»Idiot wäre hart, und Dummkopf wäre eine Beleidigung für jeden Dummkopf«, gab die andere Frau zurück und lachte auf. »Mit dem Trottel ist er noch gut bedient.«

»Und was hat meine Tante damit zu, dass er trotzdem immer noch im Dienst ist?«, wunderte sich Nathalie. »Ich meine, sie hat ja bestimmt nicht für ihn die Fälle gelöst.«

»Nicht sie allein«, stimmte die Köchin ihr grinsend zu.

Nathalie zog die Augenbrauen zusammen und überlegte, was genau sie da gerade gehört hatte. »Augenblick mal … wollen Sie damit sagen, meine Tante hat für Strutner die Fälle gelöst … und jemand hat ihr dabei geholfen?«

»Sie sind gut«, freute sich Louise. »Henrietta hat mit ihrem Lob über Sie nicht übertrieben.«

»Und dieser Jemand … das waren Sie. Und Sie haben das mithilfe dieser Notizen gemacht.« Louise nickte zufrieden.«Und was sagt der Constable dazu, dass eine Gastwirtin und eine Köchin seine Arbeit erledigen?«, fragte Nathalie, klatschte sich dann aber die Hand gegen die Stirn. »Er sagt gar nichts dazu, weil er nichts davon weiß. Sie geben ihm dezente Tipps oder erzählen ihm, was irgendjemand gesagt oder gesehen hat, und damit bringen Sie ihn auf die richtige Fährte.«

»Ich bin begeistert, Nathalie«, rief Louise aus. »Ich hätte gedacht, dass das eine lange und komplizierte Unterhaltung werden würde, weil ich das alles nicht so geradeheraus sagen kann, aber … das hätte ich nicht erwartet.«

Nathalie zuckte mit den Schultern. »Na ja, ich hätte auch komplett falsch liegen können.«

»Tun Sie aber nicht, und nur das zählt für mich«, meinte Louise und lachte leise. »Wissen Sie, was mir bei dem Ganzen ein bisschen unheimlich ist? Bei der Einstellung und Ausbildung muss Strutner mit Leuten zu tun gehabt haben, die noch dusseliger waren als er. Sonst hätte jemand merken müssen, dass er als Polizist nichts taugt. Da fragt man sich, wie viele Strutners wohl noch auf den Straßen in unserem Land unterwegs sind.« Sie machte eine abwertende Geste. »Aber egal. Es ändert nichts daran, dass Strutner menschlich vom Feinsten ist. Ehrlich, hilfsbereit … suchen Sie sich eine gute Eigenschaft aus, und er hat sie.«

»Eine Sache ist mir allerdings ein Rätsel«, fuhr Nathalie nach einer kurzen Pause fort. »Darf ich annehmen, dass Sie von mir das Gleiche erwarten, was meine Tante für diesen Strutner getan hat. Ähm … warum sollte ich das tun?«

»Ganz einfach: Ihrer Tante zuliebe. Sie hat das natürlich im Testament und in den anderen Unterlagen nicht schriftlich festhalten können, dann wäre ja der Beweis für Strutners Unfähigkeit erbracht. Aber sie hat einige Male gesagt, dass sie auf Sie zählen würde, sollte ihr etwas zustoßen.«

Nathalie saß mit geschlossenen Augen da und rieb sich das Kinn. »Was genau halse ich mir damit auf?«

»Nicht viel. Wir sind hier auf dem Land, so viele Verbrechen ereignen sich nicht.«

»Das heißt *was*, in Zahlen ausgedrückt?«, hakte Nathalie nach. »Ich weiß, dass zumindest statistisch in ländlichen Gebieten erheblich mehr Verbrechen geschehen, wenn man die Summe auf die Einwohnerzahl umrechnet.«

»Vier bis fünf Fälle jährlich, wenn ich die letzten Jahre betrachte, und das ziemlich konstant.«

Nathalie nickte nachdenklich. »Das heißt, das alles hier hat meine Tante nur gesammelt, um Strutner vier- oder fünfmal im Jahr zu helfen?«

»Nein, sie hat es zwar auch für ihn getan, aber in erster Linie hat sie es nach einer Weile fasziniert, was man alles wahrnimmt, wenn man seine Umgebung etwas genauer beobachtet. Sie kennen ja ihre Vorliebe für Krimis, und das hier hat ihre Fantasie immer wieder aufs Neue beflügelt. Es war für sie ein bisschen so wie in *Das Fenster zum Hof.*«

»Aber es hat nur Strutner geholfen, sonst niemandem, sehe ich das richtig?«, wollte Nathalie wissen.

»Nicht nur Strutner«, räumte Louise ein. »Meine Kontakte haben auch schon einige Male davon profitieren können, weil das hier eine günstige Nord-Süd-Verbindung für alle ist, die die Autobahn meiden wollen – aus welchen Gründen auch immer.«

Nathalie lehnte sich nach hinten und ließ den Kopf gegen den Fensterrahmen sinken. Sie verspürte mit einem Mal einen Anflug von Unsicherheit, ob ihre Entscheidung richtig war, das Black Feather zu übernehmen. Akribisch hatte sie alle verfügbaren Unterlagen gesichtet, aber von einer heimlichen Unterstützung der örtlichen Polizei war nirgendwo die Rede gewesen. War diese Enthüllung die einzige Überraschung, mit der sie nun erst konfrontiert wurde, nachdem sie sich für das Erbe entschieden hatte? Oder warteten weitere Überraschungen auf sie, die auch nirgendwo dokumentiert waren und die ihr noch viel weniger gefallen würden?

»Diese Kontakte, von denen Sie da reden«, begann sie nach einer Weile. »Um wen geht es da? Waren Sie beim Geheimdienst, oder was? Ich meine, wen kann man denn anrufen, um sich zu erkundigen, ob der Unfall, bei dem meine Tante ums Leben kam, wirklich ein Unfall war? Solche Informationen kann doch nur jemand beim MI5 oder MI6 haben, und ich wüsste nicht, dass Köche eine Berechtigung besitzen, um von dort irgendwelche Informationen anfordern zu können.« Louise verzog den Mund, was alles Mögliche bedeuten konnte. Nathalie fuhr fort: »Ich kenne Ihre Personalakte, Ihr Lebenslauf ist lückenlos. Sie haben weder als Köchin noch in irgendeiner anderen Funktion für den MI5 oder den MI6 gearbeitet. Also, was hat es mit diesen Kontakten auf sich?«

Louise reagierte mit einem rätselhaften Lächeln. »Was ist an einem Geheimdienst geheim, wenn jeder seinen Namen kennt?«

»Wie?«, erwiderte Nathalie verdutzt. »Na gut, dann gibt es eben noch einen Geheimdienst, dessen Namen niemand kennt. Es ändert nichts daran, dass Ihr Lebenslauf lückenlos ist. Ich bin mir sicher, dass Sie keine Beschäftigungen erfunden haben. Es wäre doch dumm, so etwas zu machen, wenn jeder weiß, dass man bei diesen früheren Arbeitgebern anrufen kann. Und selbst wenn diese Firmen nicht mehr existieren, lässt sich anhand der Steuerunterlagen und der Krankenversicherung und aller möglichen Institutionen nachvollziehen, ob das Unternehmen existiert hat – und dann kann man auch belegen, ob Sie da gearbeitet haben.« Louises Schweigen, verbunden mit diesem seltsam amüsierten Lächeln, irritierte Nathalie und ließ sie grübeln. »Andererseits … so ein Unternehmen könnte ja auch nur auf dem Papier existieren, damit Sie einen offiziellen Arbeitgeber haben, der sich um Ihre Sozialversicherung und die Lohnsteuer und alles andere kümmert.« Sie schüttelte flüchtig den Kopf. »Ich nehme an, ich könnte noch tagelang Reden führen, ohne von Ihnen ein klares Ja oder Nein zu bekommen.«

»Möglicherweise.«

»Das genügt mir nicht, Louise. Sie verschweigen mir etwas … oder vielleicht sogar ziemlich viel, wenn ich über Ihre Äußerungen nachdenke.«

»Nathalie, ich verspreche Ihnen, dass Sie von mir und über mich alles erfahren werden, was Sie wissen müssen.«

»Okay, dann reden Sie.« Louise schüttelte den Kopf. »Aber Sie haben mir vor fünf Sekunden versprochen, dass …«

»… Sie von mir und über mich alles erfahren werden, was Sie wissen *müssen.* Ganz richtig. Das, was Sie jetzt von mir wissen wollen, müssen Sie *jetzt* aber nicht wissen. Irgendwann später vielleicht, wenn sich die passende Gelegenheit ergibt, aber nicht jetzt.«

»Dann verraten Sie mir wenigstens, wie Sie und meine Tante sich kennengelernt haben. Sie wird bei der Suche nach einer Köchin sicher einen Grund gehabt haben, gerade Sie zu nehmen.«

»Ja, das haben Sie richtig erkannt.«

»Also?«, hakte Nathalie nach und kniff argwöhnisch die Augen zusammen.

Wieder schüttelte die ältere Frau den Kopf. »Das müssen Sie nicht wissen.«

»Doch, das muss ich wissen«, widersprach Nathalie ihr nach einer kurzen Denkpause. »Ich muss nämlich wissen, ob ich Ihnen vertrauen kann oder nicht. Wenn meine Tante Sie hier einstellen musste, weil Sie, Louise, etwas gegen sie in der Hand hatten, dann sind Ihre Tage im Black Feather gezählt.«

Louise atmete heftig aus. »Also gut … lassen Sie mich nachdenken, was ich sagen kann … okay, wenn ich Ihnen sage, dass wir uns bei einem gemeinsamen Einsatz kennengelernt haben, würde Ihnen das fürs Erste genügen?«

»Bei einem gemeinsamen *Einsatz?*«, wiederholte Nathalie. »Was soll das bedeuten? Dass meine Tante auf dem gleichen Gebiet gearbeitet hat wie Sie? Ich glaube, ich kenne Henrietta gut genug, um zu wissen …«

»… dass sie ein Verhältnis mit Constable Strutner hatte?«, wurde sie von der Köchin unterbrochen.

Nathalie seufzte. »Gut, ich gebe mich geschlagen, Louise. Ich weiß nicht alles über meine Tante, und ich weiß noch weniger über Sie. Aber wenn Tante Henrietta

Ihnen all die Jahre vertraut hat, dann werde ich das auch tun. Ganz wohl ist mir dabei nicht, das kann ich Ihnen sagen. Enttäuschen Sie mein Vertrauen nicht, verstanden?«

»Geht klar! Und ich kann Ihnen versichern, wenn es etwas gibt, was Sie wissen müssen, werden Sie es umgehend von mir erfahren.«

Ein wenig beruhigter nickte Nathalie. Sie konnte nur hoffen, dass sie die richtige Entscheidung getroffen hatte. Immerhin war sie sich längst nicht mehr sicher, inwieweit sie sich auf das Bild verlassen konnte, das sie von ihrer Tante hatte. Sie wusste nicht mal, ob sie mehr über diesen rätselhaften »Einsatz« wissen wollte, bei dem sich die beiden kennengelernt hatten, oder ob es besser war, das alles auf sich beruhen zu lassen. Einerseits wollte sie mehr über ihre Tante erfahren, andererseits hatte sie keine Ahnung, ob ihr gefallen würde, was dabei unter Umständen herauskam. Am Ende war Henrietta noch eine Scharfschützin gewesen, die in ihrer Karriere ein paar Dutzend Schurken ausgeschaltet hatte.

Ob sie damit zurechtkommen könnte, wusste sie nun wirklich nicht.

Eine Zeit lang saßen die beiden Frauen schweigend da, dann sagte Louise: »Falls Sie sich darüber wundern, dass das alles noch auf Papier erledigt worden ist – Ihre Tante war in dem Punkt etwas altmodisch veranlagt, und ich ebenfalls. Ich bin gern in der Lage, mir ein Dokument oder eine Notiz anzusehen, ohne dass ich dafür Strom brauche und ohne dass ich erst mal einen Computer hochfahren muss.«

»Tatsächlich?«

»Ja, aber wir hatten vor einiger Zeit damit angefangen, nach und nach diese Notizen einzuscannen.«

»Wie viele Jahrzehnte haben Sie denn dafür veranschlagt?«, fragte Nathalie amüsiert.

»Ich habe auch nur gesagt, dass wir damit angefangen hatten«, stellte Louise mit einem Augenzwinkern klar. »Das Problem ist aber nicht nur der Zeitaufwand. Bei jedem Dokument muss genau überlegt werden, welchen Namen es bekommen soll, und es müssen Begriffe festgelegt werden, damit bei einer Suche genau dieses Dokument auch angezeigt wird.«

»Klingt nach einem logistischen Albtraum.«

»Genau das ist es auch, und darum haben wir es bei dem einen Versuch belassen. Ihre Tante hatte sich zwar vorgenommen, zukünftig die Notizen am PC zu erfassen und gar nicht erst aufzuschreiben, aber … na ja, dazu ist es jetzt ja nicht mehr gekommen.« Louise schaute betrübt vor sich hin.

»Ich weiß nicht, ob Sie von mir erwarten, dass ich dieses … Projekt weiterführe …«, begann Nathalie schließlich.

»Sie würden es nicht allein machen«, erwiderte die Köchin. »Ich würde vermutlich sogar, wie bislang auch, mehr dazu beitragen als Sie, weil ich in der Küche noch mehr mitbekomme. Jeder hat da was zu erzählen, dann kommen die Kellner rein und reden über etwas, was ein Gast gesagt oder getan hat. Ich glaube, wenn Sie einmal erlebt hätten, wie anhand dieser Notizen ein Mordfall aufgeklärt wird, dann würden Sie das anders beurteilen.«

Nathalie kratzte sich am Kopf und sah sich unschlüssig um. »Also gut«, erklärte sie entschieden, »dann will ich mir bitte einmal ansehen, was Sie zu Miss Beresford zusammengetragen haben.«

Louises Miene hellte sich für einen Moment auf, dann aber stutzte sie. »Miss Beresford? Wieso?«

»Weil mich Miss Beresford mit ihrem Gerede vom Monet, der nicht ihr Monet und vielleicht doch ihr Monet ist – oder weiß der Teufel was –, neugierig gemacht hat«, antwortete sie. »Also?«

Louise nickte anerkennend. »Sie haben einen guten Riecher für seltsame Dinge. Henrietta wäre schon jetzt stolz auf Sie. Einen Moment.« Sie verließ mit einem Satz die Fensterbank und ging zielstrebig zu einem der Kartons, griff hinein und kam mit einer Aktenmappe zurück.

»Verraten Sie mir, nach welchem System das hier sortiert ist?«, fragte Nathalie.

»Kommen Sie mit dem System unten in Ihrem Büro zurecht?«

»Ich muss noch immer fast alles nachsehen, ehe ich weiß, wo was steht«, gab sie zu.

»Geben Sie meinem System noch etwas Schonzeit, Nathalie. Ihre Tante hat auch eine Weile gebraucht, bis sie es durchschaut hat. Danach wollte sie nie wieder etwas ändern.«

Nathalie nahm die Mappe entgegen, die Louise ihr hinhielt, und schlug sie auf. »Was ist denn das?«, fragte sie beim Anblick unzähliger bunter Symbole in allen möglichen Formen und Kombinationen.

»Das ist eine Farbcodierung, um schneller das finden zu können, wonach man sucht. Je präziser diese Codierung, umso leichter kann man das Gesuchte ausfindig machen.«

Nathalie betrachtete die Notizen, die eindeutig von ihrer Tante stammten, und musste schon wieder kapitulieren, weil die Kürzel für sie keinen Sinn ergaben.

»Wenn Sie von hinten nach vorn blättern«, erklärte Louise, da Nathalies Miene so offensichtlich ihre Ratlosigkeit erkennen ließ, »dann erschließt sich, was hinter den Abkürzungen steht. Am Anfang hat Henrietta noch darauf geachtet, in ganzen Sätzen zu schreiben, aber mit jedem Monat, der verstrich, wurden die Notizen kürzer und kürzer, weil sie ja wusste, was es zu bedeuten hat.«

Nathalie begann zu blättern. »Wann war der erste … ›Gemälde-Zwischenfall‹?«

»Das ist ein paar Jahre her. Warten Sie, ich finde das schneller.« Sie ließ sich von Nathalie die Akte geben und strich mit dem Finger über die Seite. »Augenblick … da … ist es. Ihr Keith Haring ist weg, aber noch da, hat Miss Beresford erzählt.«

»Das ist über sechs Jahre her«, stellte Nathalie beim Blick auf das Datum fest und las die Einträge der nächsten Tage durch, bis sie gut sechs Wochen später den Vermerk ihrer Tante entdeckte, dass Miss Beresford wohl ein wenig durcheinander gewesen sein musste, da mit einem Mal mit dem Bild alles wieder in Ordnung war.

Sie überflog die Seiten, da sie wusste, auf was sie nun achten musste. »Neunzehn Mal«, sagte Nathalie, nachdem sie bei dem Vermerk angekommen war, der den Monet betraf. »Neunzehn Mal hat Miss Beresford bislang also erklärt, dass ihr Bild nicht ihr Bild ist. Nach dem fünften Fehlalarm hat meine Tante aufgehört, sich weiter darum zu kümmern, und nur noch eine Notiz gemacht, dass wieder mal etwas mit einem ihrer Gemälde nicht stimmt.«

»Ich hätte aus dem Gedächtnis nicht genau sagen können, nach dem wievielten Vorfall wir nichts mehr unternommen haben, aber das kommt hin.«

»Das heißt, bei den letzten vierzehn Vorkommnissen war keiner von Ihnen noch mal bei ihr, um sich das Bild anzusehen, auch nicht Constable Strutner, richtig?«

Die Köchin nickte. »Weil es jedes Mal das Gleiche war. Wir haben vor einer ziemlich guten Kopie eines bekannten Gemäldes gestanden und uns anhören müssen, dass das ihr Bild ist, aber auch nicht ihr Bild ist. Ich bin keine Expertin für Kunst, ich kann nur sagen, dass diese nachgemalten Bilder wirklich gut aussahen. Mir hätte das eine oder andere davon auch gefallen, wenn ich für so etwas in meinen vier Wänden Platz hätte.« Sie betrachtete Nathalies nachdenkliche Miene. »Was geht Ihnen durch den Kopf?«

»Vermutlich nichts, was sich meine Tante nicht auch schon überlegt hatte«, erwiderte sie. »Ich würde mir diesen echten falschen oder gefälschten falschen Monet gern einmal ansehen. Meinen Sie, das lässt sich arrangieren?«

»Miss Beresford wird sich freuen, dass sie ein neues ›Opfer‹ gefunden hat«, sagte Louise und zwinkerte ihr zu. Dann sah sie auf die Uhr. »Sagen wir, um zwei, wenn der Ansturm zum Mittagessen vorbei ist?«

»Einverstanden.«

»Gut, ich rufe gleich Miss Beresford an«, erklärte die Köchin und ging zur Klapptür. Dort blieb sie stehen. »Kommen Sie?«

»Ich … ich würde mir das hier gern noch ein wenig genauer ansehen«, antwortete Nathalie und machte eine ausholende Geste, die den ganzen Raum einschloss. »Ich werde auch nichts durcheinanderbringen, versprochen, Louise.«

»Das glaube ich Ihnen«, gab sie zurück. »Sie müssen mich bloß aus dem Büro lassen und hinter mir wieder abschließen. Sonst marschiert der Nächste garantiert hier rein und sieht etwas, das ihn nichts angeht.«

»Ist das Ganze hier so geheim?«

Louise nickte. »Das Personal ist zwar dazu angehalten, Kennzeichen zu notieren und Auffälligkeiten festzuhalten, aber das dient offiziell nur für den Fall, dass jemand die Zeche prellt, sich in seinen Wagen setzt und abhaut. Dass Henrietta diese Informationen alle gesammelt hat, weiß niemand, und es muss auch niemand wissen. Das würde nur Gerede und Spekulationen nach sich ziehen, und ehe wir uns versehen, hält man uns für Spione, die mit Nordkorea sympathisieren.«

»Das kann ich mir leider lebhaft vorstellen«, merkte Nathalie dazu an. »Gut, dann komme ich mit runter, lasse Sie raus und werde mir die Akte Beresford ganz in Ruhe ansehen.«

Gemeinsam verließen sie das »Gehirn«, und aus einem unerfindlichen Grund verspürte Nathalie ganz plötzlich eine unbändige Freude. Es konnte nicht daran liegen, dass sie Miss Beresford wiedersehen würde, so viel war klar.

Achtes Kapitel, in dem Nathalie den Monet sieht, der vielleicht kein Monet ist …

»Das ist er«, verkündete Miss Beresford, nachdem sie um Viertel nach zwei bei ihr eingetroffen waren. Sie wohnte nicht weit vom Black Feather entfernt, aber genau genommen tat das in Earlsraven kaum jemand. Dafür war das Dorf viel zu klein.

Miss Beresfords Haus stammte aus den Sechzigerjahren des letzten Jahrhunderts, es war damit eines von recht wenigen Gebäuden jüngeren Baujahrs am Ort. Von den Häusern abgesehen, die rund um den Marktplatz herum gebaut worden waren, gab es in Earlsraven fast nur Cottages. Miss Beresfords Haus bildete die Ausnahme, ihr Eigenheim wirkte kantig, klar und nüchtern und erinnerte Nathalie an ein Gebäude im Bauhaus-Stil.

Im Inneren machte sich der Unterschied zu den Cottages vor allem bei den etwas höheren Zimmerdecken bemerkbar, was Nathalie als sehr angenehm empfand. Auch waren die Fenster größer und ließen mehr Licht in den Raum.

»Das ist also der Monet«, sagte Nathalie. Das Bild zeigte eine ländliche Gegend mit einem Getreideschober. Die Sonne stand dicht über dem Horizont, bald würde sie untergehen. Jetzt warf sie noch lange, tiefe Schatten, ihr Licht tauchte die Felder in einen rötlichen Schein. »Ein schönes Motiv.«

»Das wäre es, wenn es mein Monet wäre. So dagegen …«, entgegnete Miss Beresford und ließ den Rest ihres Satzes unvollendet.

»Wissen Sie, Miss Beresford«, sprach Nathalie weiter. »Ich kann eines nicht verstehen. Sie wissen doch, dass das nicht der echte Monet ist, der da an der Wand hängt, nicht wahr?«

»Ja, natürlich. Wenn ich so reich wäre, dass ich mir einen echten Monet kaufen könnte, würde ich mir von dem Geld ganz sicher etwas anderes gönnen. Wieso fragen Sie?«

»Ich frage Sie das, weil ich nicht verstehen kann, warum Sie meinen, dass jemand die Kopie eines Gemäldes durch eine andere Kopie ersetzen würde. Sehen Sie, um die Kopie auszutauschen, müsste jemand hier einbrechen. Wenn er aber doch mit einer anderen Kopie herkommt, warum soll er das Risiko eingehen, beim Einbruch überrascht zu werden? Warum nimmt er nicht einfach die Kopie, die er selbst hat, und hängt sie bei sich an die Wand?«

Miss Beresford zuckte mit den schmalen Schultern und hielt das goldene Medaillon mit beiden Händen umklammert. »Das weiß ich nicht. Ich hatte ja gehofft, dass Ihre Tante der Sache auf den Grund geht, weil ich wusste, dass sie so ein großes Interesse an Krimis hat. Aber dann wollte sie nichts mehr davon wissen. Und Sie, Miss Cartham, haben mich ja auch damit allein gelassen. Von Constable Strutner will ich gar nicht erst reden.«

»Miss Beresford«, erwiderte Louise, die rechts von Nathalie stand. »Wir sind allesamt fünfmal ausgerückt, um auf Ihren Hilferuf zu reagieren. Wir haben uns die Bilder angesehen, wir konnten nichts anderes dazu sagen, als dass es gute Kopien waren. Keiner von uns konnte in irgendeiner Weise feststellen, ob es sich um eine andere Kopie handelte als die, die drei Tage zuvor da an der Wand hing.« Sie machte eine hilflose Geste. »Und wenn Sie uns dann in allen fünf Fällen ein paar Wochen später erzählen, dass es nun doch wieder *Ihr* Bild ist, ohne dass wir einen Unterschied erkennen können, dann müssen Sie auch in gewisser Weise Verständnis dafür haben, dass wir beim sechsten, siebten und achten Mal nichts anderes tun können als ›aha‹ zu sagen und es dabei zu belassen.« Miss Beresford schnaubte ungehalten. »Das ist nichts Persönliches, Miss Beresford«, stellte die Köchin klar. »Aber an unserer Stelle würden Sie sich inzwischen bestimmt auch auf den Arm genommen fühlen.«

»Ich würde Sie niemals auf den Arm nehmen«, protestierte Miss Beresford.

»Das hat Miss Cartham ja auch nicht gesagt«, ging Nathalie beschwichtigend dazwischen. »Natürlich geht niemand hier davon aus, dass Sie so etwas tun würden, aber … ich stehe jetzt selbst vor diesem Gemälde und kann nichts anderes dazu sagen, als dass es eine gelungene Kopie ist. Wenn Sie nichts Konkretes nennen können, dass meinetwegen der Rahmen an einer Stelle angestoßen war und es jetzt nicht mehr ist, dann weiß ich auch nicht, wie wir Ihnen helfen können.«

»Ich *sehe* es«, beharrte Miss Beresford. »Es ist einfach … alles. Ich kann Ihnen nicht sagen, dass da irgendwo auf einmal ein Pinselstrich fehlt oder ein Farbtupfer verrutscht ist. Es ist so, als … ich weiß nicht, wie ich es beschreiben soll.«

»Damals sagten Sie«, meldete sich wieder Louise zu Wort, »dass es Ihnen genau so vorkommt, als hätte jemand die Wohnung komplett durchsucht und alles wieder ganz genau an seinen Platz gelegt. So war es doch, wenn ich mich nicht irre, oder?«

Miss Beresfords Augen leuchteten auf. »Oh ja, stimmt, das habe ich damit verglichen.« Sie sah Nathalie an. »Kennen Sie das Gefühl?«

»Glücklicherweise war ich noch nie in so einer Situation, Miss Beresford. Aber ich kann mir schon vorstellen, wie Sie das meinen. Sie haben zum Beispiel diese Zeitung da einfach im Vorbeigehen auf den Tisch gelegt, und danach hat sie jemand hochgenommen, um einen Blick darunter zu werfen, und dann hat er sie wieder haargenau so hingelegt – und doch liegt sie nicht exakt gleich dort.«

»Ja, ja, genau, Miss Ames, ganz genau!«, rief die alte Dame aufgeregt, schaute dann aber gleich wieder betreten drein. »Allerdings fürchte ich, dass Ihnen das auch nicht weiterhelfen wird, richtig?«

Nathalie konnte nur betrübt den Kopf schütteln. »Nein, leider nicht.« Sie überlegte einen Moment lang und fragte schließlich: »Gibt es hier in Earlsraven jemanden, der … wie soll ich sagen … Sie dazu bringen will, an Ihrem Verstand zu zweifeln? Jemand, der es beispielsweise auf Ihr Haus oder Ihr Grundstück abgesehen hat?«

Miss Beresford legte den Kopf schief und dachte nach. »Nicht, dass ich wüsste. Also, mir gegenüber hat sich noch nie jemand so geäußert. Wie kommen Sie darauf?«

»Das war nur drauflosgeraten, Miss Beresford. Mir ist der Gedanke gekommen, dass jemand unbemerkt in Ihr Haus einsteigt und kleine Dinge verändert, Sachen woanders hinlegt, damit Sie anfangen zu glauben, Sie würden all diese Dinge vergessen.«

Miss Beresford verzog nachdenklich den Mund. »Nein, nein, da würde mir niemand einfallen, der mir so etwas antun wollte. Sehen Sie, bei mir ist nichts zu holen.«

»Da wären immerhin das Haus und das Grundstück«, wandte Nathalie ein.

»Ja, aber meine Kinder sind alle gut versorgt und haben selbst Häuser, und keiner von ihnen möchte aufs Land ziehen. Und die Grundstückspreise in Earlsraven würden niemanden von ihnen dazu verleiten, mich in den Wahnsinn treiben zu wollen.«

Nathalie nickte. »Wo kaufen Sie eigentlich diese Gemälde?«, fragte sie, um zu testen, wie die alte Dame reagierte. Nathalie wusste ja bereits, woher die Bilder stammten.

»Die kaufe ich gar nicht, das sind alles Geschenke von meinem Enkel. Er arbeitet in London in einer – wie er es immer sagt – ›Kunstgalerie für das kleine Geld‹, die ganz offiziell mit Kopien von Kunstwerken handelt«, erzählte Miss Beresford voller Stolz. »Diese Gemälde und Skulpturen sind für jeden erschwinglich, und da mein Enkel alles mit Personalrabatt kaufen kann, tut er mir von Zeit zu Zeit etwas Gutes und bringt mir eines von den Gemälden mit. Er ist ein lieber,vernünftiger Junge, für den alte Leute nicht auf dem Abstellgleis stehen.«

»Haben Sie ihn denn auch schon darauf angesprochen?«, erkundigte sich Nathalie.

Miss Beresford zuckte mit den Schultern und seufzte leise. »Alle reagieren gleich, alle kommen her, sehen sich das Bild an, können nichts entdecken, und dann kümmern sie sich nie wieder darum. Sie werden das auch so machen, Miss Ames, weil Sie es auch nicht sehen können.«

»Warten wir's ab, Miss Beresford, warten wir's einfach ab«, erwiderte sie. »Würden Sie mir verraten, wo ich Ihren Enkel erreichen kann?«

Die ältere Frau sah sie skeptisch an. »Was wollen Sie von dem Jungen?«

»Einfach mit ihm reden. Sehen Sie, ich gehe an diese Angelegenheit noch ganz unvoreingenommen heran. Ich mache das alles zum ersten Mal mit, und vielleicht stelle ich Ihrem Enkel ja eine Frage, die noch niemandem eingefallen ist. Und vielleicht und mit etwas Glück bringt ihn das auf eine Idee, die uns allen weiterhilft.«

»Oh«, machte Miss Beresford. »Warten Sie, ich schreibe Ihnen auf, wo Sie ihn erreichen können. David heißt er. David Fuller.«

Mit dem Zettel in der Hand gingen Nathalie und Louise dann durch das überraschend modern eingerichtete Wohnzimmer zur Haustür, die Miss Beresford ihnen öffnete.

»Ach, sagen Sie, Miss Ames, was ist eigentlich mit Ihrem Freund. Der ist gleich wieder abgefahren und seitdem gar nicht mehr aufgetaucht«, sagte die ältere Dame, gerade als die zwei sich von ihr verabschieden wollten.

»Er musste zurück nach Hause«, antwortete Nathalie, die sich seltsam überrumpelt vorkam. »Er hat seine Arbeit, und ich … na ja, ich habe jetzt hier meine.«

»Wie wollen Sie das denn machen, wenn Sie heiraten?«, hakte Miss Beresford nach. »Wird er dann hierher zu Ihnen ziehen? Oder werden Sie uns dann wieder verlassen?«

Nathalie lag ein ganzer Berg bissiger Bemerkungen auf der Zunge, um auf diese viel zu privaten Fragen die passende Antwort zu geben, doch sie hielt sich zurück. Erstens würde jede patzige Reaktion garantiert sofort im ganzen Dorf die Runde machen, zweitens – und dieser Grund wog schwerer – war keine dieser Fragen in einem neugierigen Tonfall gestellt worden, sondern auf eine beiläufig interessierte Art, so als würden sie beide sich schon seit Jahren kennen und stets über Gott und die Welt reden.

»Für solche Entscheidungen ist es noch zu früh«, antwortete Nathalie so diplomatisch, wie es nur ging. »Aber wenn wir uns festgelegt haben, werden Sie es als Zweite erfahren.«

»Als Zweite?«, gab die alte Dame verdutzt zurück.

»Gleich nachdem ich meinen Eltern die Neuigkeit mitgeteilt habe. Ist das ein Angebot?«

»Wo sind denn eigentlich Ihre Eltern? Kommen die Sie auch mal besuchen? Und haben Sie Geschwister?«

»Miss Beresford«, ging Louise mit einem Lächeln dazwischen. »Miss Ames will doch dem Rätsel mit dem doppelten Monet auf den Grund gehen. Sollte sie da nicht mit dem Heiraten lieber noch etwas warten? Sonst wird sie umso länger brauchen, ehe sie sich um Sie kümmern kann.«

Erschrocken hielt sich Miss Beresford eine Hand vor den Mund. »Oh Gott, Sie haben ja recht. Miss Ames, vergessen Sie alle meine Fragen. Ich werde sie Ihnen wieder stellen, wenn Sie die Sache mit dem Monet geklärt haben.« Sie nickte ihren beiden Besucherinnen zum Abschied zu und schloss die Tür.

»Und?«, fragte Louise, nachdem sie ein Stück weit gegangen waren. »Was halten Sie davon, nachdem Sie sich jetzt ein Bild machen konnten von … dem Bild?«

»Ich weiß nicht. Irgendetwas ist da faul.«

»Das haben Ihre Tante und ich uns damals auch gesagt, aber es gibt heute genauso wenig Greifbares wie damals«, hielt die Köchin dagegen. »Es ist tatsächlich so, wie sie gesagt hat, dass da kein Pinselstrich fehlt oder zu viel aufgetragen wurde. Da ist nur ihr Gefühl, dass mit dem Bild etwas nicht stimmt.«

»Und der Enkel?«

»Ein netter Kerl, wir haben ihn damals kennengelernt«, erklärte sie. »Er hat bei den ersten zwei oder drei

Vorfällen auf eigene Kosten einen Kunstexperten herkommen lassen, der die Bilder begutachtet hat. Er konnte nichts weiter feststellen, als dass es sich um Kopien handelte. Der Enkel hatte zu den Terminen auch noch immer ein oder zwei weitere Kopien aus dem Bestand der Galerie mitgebracht, um eine Vergleichsmöglichkeit zu haben.«

»Und?«

Louise zuckte mit den Schultern. »Hier entlang«, sagte sie und deutete auf den Trampelpfad zwischen zwei Grundstücken, auf dem sie den Weg zurück zum Black Feather abkürzen konnten. »Es kam nie etwas dabei heraus. Natürlich weichen alle Kopien ein bisschen voneinander ab, aber in den Fällen konnte Miss Beresford auf den ersten Blick sagen, wo sich etwas von ihrem Bild unterschied, weil irgendein Strich zu kurz oder zu breit geraten oder ein Farbverlauf nicht so ganz gelungen war. Nur bei ihrem Bild beziehungsweise bei dem Bild, das angeblich nicht ihr Bild war, wusste sie keinen Rat.«

Nathalie kratzte sich am Kopf. »Und darum haben Sie alle aufgegeben?«

»Genau, und das werden Sie auch machen, versprochen«, erwiderte die Köchin und bog auf die Parallelstraße ein, vor ihnen war die Terrasse des Lokals zu sehen. »Ich rechne Ihnen das wirklich hoch an, Nathalie, dass Sie noch keine Woche hier sind und schon versuchen, das Andenken Ihrer Tante zu ehren, indem Sie sich voller Eifer auf diesen Fall stürzen. Aber es ist kein Fall, jedenfalls keiner, den man lösen könnte, und so ungern ich das auch sage, weiß ich trotzdem so gut wie sicher, dass Sie über kurz oder lang auch die Segel streichen werden. Ich hoffe nur, dass diese Enttäuschung Sie nicht dazu veranlassen wird, sich künftig auch um keine anderen möglichen Verbrechen zu kümmern.«

»Ach, das glaube ich nicht«, meinte Nathalie und winkte unbesorgt ab. »Es deutet so viel darauf hin, dass nichts dabei herauskommen wird, da kann ich gar nicht enttäuscht sein. Ich wäre natürlich begeistert, wenn ich hinter das Rätsel kommen würde, aber wenn nicht, dann war es einfach eine gute Übung für die nächste Gelegenheit.«

»Die wird ganz sicher kommen«, versprach ihr Louise und zwinkerte ihr zu.

»Oh Gott, nicht schon wieder!«

Nach zwei vergeblichen Anläufen am Donnerstagnachmittag war es Nathalie am Freitagmorgen endlich gelungen, Miss Beresfords Enkel zu erreichen. David Fullers erste Worte, nachdem sie sich vorgestellt hatte, sprachen Bände. Sie konnte sich lebhaft vorstellen, wie der Mann zur Decke starrte und die Mundwinkel frustriert nach unten zog.

»Tut mir leid, wenn ich Sie damit behellige«, sagte Nathalie. »Aber ich versuche nur herauszufinden, ob es nicht doch eine logische Erklärung für die Beobachtungen Ihrer Großmutter gibt.«

»Das haben vor Ihnen schon viele andere Leute versucht«, gab er resigniert zurück. »Und keiner hat etwas Brauchbares zutage fördern können.«

»Ich weiß, aber ich habe kein gutes Gefühl dabei, einfach über das hinwegzugehen, was Miss Beresford mir sagt. Ich meine, es scheint sie ja auch zu belasten, sonst würde sie sich jetzt nicht an mich wenden. Ihre Großmutter macht auf mich keinen verwirrten Eindruck. Ich werde den Eindruck nicht los, dass da tatsächlich irgendetwas nicht stimmt.«

»Miss Ames, ich habe anfangs auch gedacht, dass tatsächlich etwas nicht stimmt«, erwiderte Fuller. »Aber es ist alles in Ordnung. Verwirrt ist meine Großmutter ganz sicher nicht, da kann ich Ihnen nur zustimmen. Meine Vermutung ist die, dass sie sich einsam fühlt, und das vielleicht nicht mal bewusst. Sie will Leute auf sich aufmerksam machen, damit die sich mit ihr beschäftigen, ihr zuhören und Zeit mit ihr verbringen. Dabei scheint sie nicht einsehen zu können, dass die Methode mit den ›falschen‹ Bildern genau das Gegenteil bewirkt.«

»Aber sie hat doch ihre Kinder und ihre Enkel«, wandte Nathalie ein. »Sie wird doch nicht von ihrer Familie ignoriert, sodass sie einen Grund hätte, sich einsam zu fühlen. Nicht jede Frau hat einen Enkel wie Sie, von dem sie regelmäßig Gemälde geschenkt bekommt.«

»Die aber nur günstige Kopien sind, auf die ich auch noch Personalrabatt bekomme«, wandte Fuller ein.

»Ich glaube, es ist der Gedanke, der zählt«, hielt sie dagegen.

»Ja, das sagt Großmutter auch immer, aber ich bin dennoch der Meinung, dass sie sich allein fühlt. Sie müssen bedenken, dass sie nie verheiratet war. Der Vater ihrer Kinder war mit einer anderen Frau zusammen, einer vermögenden Frau, von der er sich nicht scheiden lassen wollte. Sie hatte also einen Liebhaber, der auch der Vater ihrer Kinder ist, aber er war weder für sie noch für die Kinder da. Sie können sich vorstellen, was das damals bedeutete. Glückliche Paare sah und sieht sie nur anderswo, da dürfte ihr schon etwas fehlen in ihrem Leben.«

Das würde auch erklären, warum Miss Beresford so unbedingt erfahren wollte, ob sie und Glenn bald heirateten, überlegte Nathalie.

»Sie hat zwar jeden Freitag ihren Bingo-Abend, und sie ist auch immer unterwegs, mal im Café, mal bei irgendwelchen Freundinnen«, fuhr Fuller fort, »aber es ändert nichts an der Tatsache, dass sie in ein leeres Haus zurückkehrt, in dem sie abends allein einschläft und morgens allein aufwacht. Dagegen könnte aber nur sie selbst etwas unternehmen, und solange sie nicht einsieht, dass sie mit ihren wirren Geschichten von Gemälden, die nicht ihre Gemälde und dann doch wieder ihre Gemälde sind, die Leute verprellt, die sie eigentlich um sich haben möchte, kann ihr keiner helfen.« Er zögerte kurz. »Vielleicht sollte ich damit aufhören, ihr von Zeit zu Zeit ein neues Kunstwerk zu schenken. Dann würde das Theater endlich mal ein Ende nehmen.«

»Und Ihre Großmutter hätte das Gefühl, dass ihr Enkel sie vergessen hat«, sagte Nathalie. »Ich glaube nicht, dass Sie das wollen.«

»Eigentlich nicht«, räumte er betrübt ein. »Ich muss mir auf jeden Fall irgendetwas überlegen. So kann es auf Dauer nicht weitergehen. Trotzdem vielen Dank, dass Sie sich um meine Großmutter bemühen. Wenn ich noch was für Sie tun kann, rufen Sie einfach an.«

»Danke für das Angebot«, erwiderte Nathalie. »Und falls Ihnen irgendetwas einfällt, ganz egal, was, wäre ich Ihnen dankbar, wenn Sie mir Bescheid geben könnten.«

»Das werde ich machen.«

Sie verabschiedeten sich, Nathalie legte auf. Während ihr Fullers Mutmaßungen durch den Kopf gingen, nahm sie sich noch einmal die Akte vor, die ihre Tante zusammen mit Louise über Miss Beresford angelegt hatte. Sie suchte die Datumsangaben heraus, an denen die ältere Frau bei jedem ihrer Bilder plötzlich angefangen hatte, die Behauptung vom falschen oder vertauschten Bild zu verbreiten. Nachdem sie abermals die Liste von hinten aufrollte, fand sie auch in fast allen Fällen einen Vermerk, wann Miss Beresford davon erzählt hatte, dass ihr Enkel sie besucht und ihr ein neues Gemälde mitgebracht hatte. Sie notierte diese Daten ebenfalls und verglich sie mit den anderen, konnte aber keine Übereinstimmungen entdecken. Mal vergingen zwischen dem Geschenk und dem »Tausch« – oder was auch immer da vor sich gehen mochte – drei Wochen, mal vier Monate. Ein System war dahinter nicht zu erkennen.

Dann aber rief sie auf ihrem Smartphone die Kalenderfunktion auf, und sie begann, zu suchen und zu notieren. Nach dem vierten Datum wurde etwas offensichtlich, das mit jedem weiteren Gemälde zusätzlich Bestätigung fand.

Nathalie lehnte sich zurück und betrachtete die von ihr erstellte Übersicht. Sie atmete tief und gleichmäßig durch, um nicht von einem Gefühl der Freude erfasst zu werden, das sich vielleicht in ein paar Minuten schon wieder in Luft auflösen würde. Was sie entdeckt hatte, war womöglich längst bekannt und überprüft worden.

Sie nahm das Blatt mit den Daten und ging zur Küche, konnte aber Louise nirgends entdecken. »Im Café«, sagte eine der Kellnerinnen, die Nathalies suchenden Blick richtig gedeutet hatte. »Sie macht gerade Pause.«

»Okay, danke.« Nathalie überlegte, ob sie warten sollte, bis Louise ihre Pause beendet hatte, beschloss dann aber, zu ihr zu gehen. Sie hatte schließlich kein dienstliches Anliegen, außerdem wollte sie unbedingt ihre Entdeckung mit jemandem teilen.

Als sie das Café betrat, entdeckte sie Louise an einem Tisch in der hinteren Ecke. »Darf ich kurz stören?«, fragte sie.

Louise machte eine nachdenkliche Miene, bewegte den Kopf gemächlich hin und her und sagte: »Normalerweise darf mich ja niemand stören, wenn ich meinen geliebten Käsekuchen genieße, aber ich denke, ich kann eine Ausnahme machen.« Sie grinste Nathalie an. »Was haben Sie auf dem Herzen, Chefin?«

»Möglicherweise habe ich etwas entdeckt«, sagte sie und hielt der Köchin das Blatt hin. »Ich weiß nicht, ob meine Tante oder Sie schon auf diese Auffälligkeit aufmerksam geworden sind. Falls ja, kann ich nichts Neues berichten, falls nein, sind wir vielleicht ein Stück weiter.«

Louise legte die Gabel auf den Teller und schob ihn zur Seite, dann betrachtete sie die Liste.

Schließlich schüttelte sie den Kopf. »Das ist ja interessant«, murmelte sie. »Dann … könnte an diesen Behauptungen doch etwas stimmen?«

»Könnte«, bekräftigte sie. »Unter sehr großem Vorbehalt, weil wir dadurch immer noch kein Stück weiter sind, was die Frage betrifft, *was* überhaupt passiert sein soll.«

Louise nickte anerkennend. »Gute Arbeit, Nathalie. Selbst wenn das eine Sackgasse sein sollte, wäre Ihre Tante jetzt sehr stolz auf Sie.«

»Danke«, erwiderte Nathalie und nahm das Blatt wieder an sich. »Es stellt sich nur die Frage, was wir damit anfangen können.«

Die Köchin zog den Teller wieder zu sich. »Ich lasse mich nie auf Glücksspiele ein, ansonsten würde ich jetzt mein nächstes Gehalt verwetten, dass Sie den Fall lösen werden.«

»Dann seien Sie froh, dass Sie nicht wetten, sonst wären Sie Ihr Gehalt bestimmt los«, gab Nathalie grinsend zurück und verließ das Café in Richtung Büro.

Als sie sich wieder an ihren Schreibtisch gesetzt hatte, fühlte sich das mit einem Mal alles sehr seltsam an. Sie war nicht nur die Chefin eines Pubs mit Café und Fremdenzimmern, sondern sie war jetzt auch noch so etwas wie eine Geheimagentin. Eine Jane Bond. Oder eine M. Nein, lieber eine Jane Bond. M delegierte nur, während Jane Bond ermittelte und recherchierte, Leute beobachtete und deren Gewohnheiten ausspionierte.

Ja, das konnte ihr tatsächlich gefallen, musste sie feststellen. So was hätte sie nie für möglich gehalten, und nachdem sie diese unglaubliche Zettelsammlung zu sehen bekommen hatte, war sie im ersten Moment kurz davor gewesen, am Geisteszustand ihrer Tante zu zweifeln. Doch als sie sich selbst in die Materie vertieft hatte, da war es mit einem Mal richtiggehend elektrisierend gewesen, als sie einen Zusammenhang zwischen Miss Beresfords Meldungen zum Zustand ihrer Kunstwerke und einem anderen Ereignis entdeckt hatte.

Ob ihre Tante das wohl auch so empfunden hatte? Irgendwann würde sie Louise fragen, ob sie dazu etwas wusste. Wenn es jemanden gab, der etwas über Henriettas Leben wusste, dann diese Frau.

Neuntes Kapitel, in dem ein Toter entdeckt wird und Nathalie einen Plan ausheckt

Am Samstagmorgen stand Cecily Beresford so wie an jedem Samstag etwas später auf, da der Bingoabend sich doch wieder in die Länge gezogen hatte. Das lag vor allem daran, dass Alice Gurding die beiden Flaschen Eierlikör hatte kreisen lassen, die ihre Tochter ihr aus Deutschland mitgebracht hatte. Das Zeugs schmeckte einfach zu gut, und es dauerte viel zu lange, bis man merkte, dass man eigentlich längst genug hatte.

Cecily Beresford konnte von Glück reden, dass Alkohol sie lediglich müde machte, ansonsten aber zu keinen Beeinträchtigungen führte. Daher hatte sie bei klarem Verstand den Heimweg antreten können und war ohne Zwischenfälle zu Hause angekommen, wo sie dann gleich ins Bett gefallen und fest eingeschlafen war.

Sie hatte keinen Kater, nur die allzu grelle Sonne stach ihr an diesem Morgen in die Augen. Auf dem Weg in die Küche kam sie an *dem* Bild vorbei, das sie manchmal sogar in ihren Träumen verfolgte. Aber selbst die hatten ihr nie einen Hinweis darauf geben können, was mit dem Gemälde nicht stimmte. Sie ahnte, dass sie den anderen mit ihrer immer gleichen Geschichte auf die Nerven ging, aber sie wusste sich keinen Rat, was sie sonst tun sollte.

Vielleicht konnte diese Miss Ames ihr ja weiterhelfen. Zumindest war sie nach so vielen Jahren die Erste, die sich immerhin das Gemälde angesehen hatte. Hoffentlich sagte sie nichts Verkehrtes zu David, der sich inzwischen auch nicht mehr für ihr Anliegen interessierte, sondern nur noch zur Kenntnis nahm, dass »wieder mal was nicht stimmte«. Zum Glück hielt ihn das nicht davon ab, ihr von Zeit zu Zeit ein neues Gemälde zu schenken. Also schien er es ihr nicht übel zu nehmen, dass sie in regelmäßigen Abständen ihre »Anwandlungen« hatte, für die es keine Erklärung gab. Möglicherweise hielt ihr Enkel sie auch nur für ein bisschen schrullig und sah einfach darüber hinweg, wenn das Bild auf einmal nicht mehr *ihr* Bild war.

Sie ging zur Spüle und hielt die Kanne unter den Wasserhahn, um sie aufzufüllen. Sie brauchte jetzt erst einmal einen Kaffee, dann konnte sie den neuen Tag in Angriff nehmen.

Während das Wasser wegen der verkalkten Leitung nur in einem dünnen Strahl aus dem Hahn lief, wanderte ihr Blick zum Fenster über der Spüle. Von dort hatte sie einen perfekten Blick auf den Garten hinter dem Haus, der bis zur mannshohen Mauer am Ende des Grundstücks reichte. Sie konnte die Büsche und die Bäume sehen, und vor allem hatte sie beste Sicht auf die diversen Futterhäuschen für die Vögel, die ihren Garten bevölkerten. Meisen tummelten sich dort, verschiedene Finkenarten und Amseln schauten vorbei, manchmal auch eine Elster. Auch ein Eichhörnchen, vor dem die Vögel Reißaus nahmen, während es sie gar nicht kümmerte, wenn die Nachbarskatze vorbeikam. Die konnte außer Anstarren wenig tun, da die Futterhäuschen so konstruiert waren, dass der kleine Räuber beim Hochspringen mit den Krallen nirgendwo Halt finden konnte. Zudem erinnerten die Dächer aus Edelstahl in ihrer Form an Softeis im Hörnchen, sodass die schrägen Flächen den Katzen auch keine Möglichkeit gaben, aufs Dach zu springen und sich auf die Lauer zu legen. Die Vögel mussten das halbe Dutzend vergeblicher Landeversuche von mehreren Katzen aus der Nachbarschaft beobachtet haben, da sie inzwischen nur noch einen kurzen Blick nach unten warfen, wenn eine Katze in Lauerstellung ging, und sie dann wie selbstverständlich weiter ihr Futter aufpickten.

Ihr Blick wanderte zur Mauer ganz hinten am Ende des Rasens. Sie stutzte und kniff die Augen zusammen, um besser sehen zu können, aber die Sonne schien ihr ins Gesicht, und der Bereich der Mauer lag größtenteils im Schatten.

»Hat da etwa jemand einen Sack Altkleider über die Mauer geworfen?«, murmelte sie und schüttelte den Kopf. Immer wieder kam es vor, dass Leute nachts auf der dahinter gelegenen Straße anhielten und Abfälle, kleinere Möbelstücke oder Fernseher über die Mauer warfen, die dieses und alle Nachbargrundstücke zur Straße hin begrenzte. Die Straße verlief am äußersten Rand von Earlsraven, dahinter befanden sich keine Häuser mehr, sondern nur noch Ackerland und Weiden, sodass man völlig unbeobachtet war, wenn man seinen eigenen Müll auf dem Grund und Boden anderer Leute entsorgte.

Missmutig zog sie den Gürtel ihres Morgenmantels zu und ging ins Wohnzimmer, von wo aus sie auf die Terrasse gelangen konnte. Die Pantoffeln tauschte sie gegen ihre Gartenschuhe ein, dann ging sie über den noch feuchten Rasen in Richtung Mauer. Je näher sie dem Haufen Altkleider kam, umso langsamer wurde sie, da mit jedem Schritt deutlicher erkennbar wurde, dass es sich keineswegs um ausgediente Kleidungsstücke handelte.

»Schön, dass du da bist, Glenn«, rief Nathalie, als sie am Samstagmorgen quer über den noch leeren Parkplatz zu ihm lief. Er hatte den Wagen ganz hinten abgestellt, sodass er beim Verlassen der Lücke nicht wieder irgendetwas mitnehmen würde.

Er drehte sich von der Heckklappe weg, die sich soeben öffnete, um Nathalie in die Arme schließen zu können. »Du hast mir gefehlt, Kleines«, sagte er und drückte sie fest an sich.

»Du mir auch«, erwiderte sie.

»Tatsächlich?«, fragte er grinsend. »Ich dachte, du hattest eine so hektische Woche gehabt, dass du nicht mal fünf Minuten übrig hattest, um an mich zu denken.«

»Aber in den drei Minuten, die ich übrig hatte, habe ich dann nur an dich gedacht«, versicherte sie ihm im gleichen ironischen Tonfall. »Und was hast du mir alles mitgebracht?«

Nathalie und Glenn hatten beschlossen, dass es zu viel Stress gewesen wäre, am Samstag noch zurück nach Liverpool zu fahren. So hatte Glenn die ruhmreiche Aufgabe erhalten, Nathalies Sachen einzupacken und mitzubringen.

»Ehrlich gesagt habe ich keine Ahnung. Du hattest Jean ja gebeten, mir beim Packen zu helfen. Danach flogen mir die Teile von allen Seiten zu, sodass ich einfach nur noch irgendwas zusammenlegen und stapeln konnte, ohne mir irgendwelche Gedanken machen zu müssen. Als wir dann fertig waren – und da standen diese vier Koffer und die drei Reisetaschen, die ich auf die Rückbank gelegt habe –, wollte sie mir noch einen Schreck einjagen und meinte ganz trocken: ›So, das dürfte bis nächsten Freitag reichen.‹ Ich sag dir, in dem Moment muss ich ziemlich dämlich geguckt haben.« Er verzog den Mund. »Und dann hat sie sich vor Lachen nicht mehr eingekriegt.«

»Das passt zu Jean«, meinte Nathalie. »Na komm, dann lass uns erst mal frühstücken, das Zeug hier können wir nachher immer noch reinbringen.«

»Hast du keinen Pagen oder so was?«, fragte er. »Du bist doch jetzt Hotelbesitzerin.«

»Bei den paar Zimmern kann ich mir keinen Pagen leisten, ich habe ja nicht mal einen Portier. Wer ein Zimmer will, der füllt im Pub an der Theke ein Formular aus.«

»Schreckt das nicht potenzielle Gäste ab?«, wollte er wissen, während sie sich bei ihm unterhakte.

»Tja, das ist das Problem mit den potenziellen Gästen. Wie viele von denen tatsächlich abgeschreckt werden, kann ich nicht sagen, weil ich nicht weiß, wer das Black Feather gar nicht erst ansteuert. Jedenfalls scheint sich keiner von denen daran zu stören, die auf gut Glück nach einem Zimmer fragen.«

Da die Terrasse noch nicht geöffnet war, weil es trotz der Sonne noch zu kühl war, um draußen zu sitzen, ging Nathalie mit ihm ins Café und steuerte zielstrebig den langen Tisch an, auf dem das herrliche Buffet sie anlächelte. Sie nahm für sich einen Teller und hielt den anderen Glenn hin, dann bediente sie sich bei den verschiedenen Sorten Brot, nahm etwas Marmelade, außerdem zwei Scheiben Cheddar, und ging zu einem der hinteren Tische, wo sie ungestört mit Glenn reden konnte.

Sie wusste aus der Erfahrung mit den Mittagspausen der letzten Woche, wenn sie sich zu weit vorn und damit in der Nähe der Theke und des Durchgangs zum Büro hinsetzte, wirkte das auf jeden, der zufällig vorbeischaute, wie eine Einladung, zu ihr zu kommen und über alles Mögliche mit ihr zu reden, auch über Privates. Grundsätzlich hatte sie ja nichts dagegen, aber an manchen Tagen war es ihr darum gegangen, für eine halbe Stunde abzuschalten, nachdem sie sich so intensiv mit den Unterlagen ihrer Tante befasst hatte. Natürlich hätte sie auch im Büro oder in Henriettas Wohnung essen können, aber im Büro machte sie das nur, wenn sie etwas zu erledigen hatte, das nicht warten konnte, und in der Wohnung fühlte sie sich immer noch ein wenig wie ein Eindringling. Deshalb beschränkte sie sich dort nach wie vor auf das Gästezimmer, aber das war zu beengt, um gemütlich zu essen.

»Und?«, fragte Nathalie, als Glenn für sie beide Kaffee an den Tisch gebracht und sich zu ihr gesetzt hatte. »Wie war deine Woche?«

»Etwas einsam«, gestand er ihr.

»Ich wünschte, ich könnte das von mir auch sagen«, seufzte Nathalie. »Wenn ich nicht bis zur Halskrause in Unterlagen gesteckt habe, wollte unentwegt irgendjemand etwas von mir, oder ich musste mich mit Gutachtern befassen, die hier alles auf den Kopf gestellt haben. Und dann ist da immer noch diese Miss Beresford mit ihrem falschen gefälschten Monet.«

»Miss Beresford?«

»Die ältere Frau, die da vorn neben uns gesessen hat, als wir letzte Woche hier auf Louise gewartet haben. Erinnerst du dich?«, fragte sie.

»Nein, und wer ist Louise?«

»Die Köchin«, antwortete sie. »Die uns ins Büro meiner Tante gebracht hat. Wer meine Tante war, weißt du aber, oder?«, fügte sie etwas giftiger, als beabsichtigt, an.

»Ja, sicher, aber von den anderen Leuten habe ich mir, ehrlich gesagt, niemanden gemerkt«, erklärte er. »Ich bin davon ausgegangen, dass ich diese Menschen nur dieses eine Mal sehe und danach nie wieder, weil du dich entschließt, den Laden hier nicht zu übernehmen und das Erbe auszuschlagen. Was soll ich mir Namen und Gesichter merken, wenn die Leute mich danach nie wieder kümmern?«

Es klang einfach nur unhöflich, wie er das sagte, fand Nathalie. Nicht nur der Tonfall, sondern die Worte an sich waren schon respektlos, weil man nie wissen konnte, ob man jemanden nicht vielleicht doch ein zweites Mal sehen würde. Dann das Gesicht nicht wiederzuerkennen und sich nicht an den Namen erinnern zu können, war irgendwie … respektlos. Was auch für seine Einstellung galt, dass sie seiner Meinung nach das Black Feather sowieso nicht übernommen hätte. In Glenns Kopf hatte gar nicht erst die Möglichkeit existiert, dass sie hierbleiben könnte. Diese Erkenntnis versetzte ihr einen Stich.

Sie überlegte noch, was sie auf eine solche Äußerung erwidern sollte, ohne gleichzeitig ihrem wachsenden Unmut Luft zu machen, da kam Cathy Morrow hereingestürmt, sah sich suchend um, entdeckte Nathalie und lief auf den Tisch zu. »Miss Ames, Miss Ames, Louise sucht Sie!«

»Was ist los? Brennt die Küche?«, erwiderte sie erschrocken.

»Nein, sie hat einen Anruf erhalten! Es geht um Miss Beresford!«

»Ist ihr was passiert?«, fragte Nathalie.

»Ich weiß nicht, Miss Ames. Louise hat nur gesagt, dass es dringend ist. Sie ist schon vorgelaufen und will am Haus auf Sie warten.«

»Vorgelaufen zu Miss Beresford?«, vergewisserte sie sich.

Cathy nickte. »Ja, richtig.«

»Okay, ich komme gleich«, rief Nathalie und wollte schon aufspringen, da fiel ihr Blick auf Glenn, der soeben ein gekochtes Ei aufschlug. »Ähm … ich …«

Er nickte ein wenig irritiert. »Miss Dings ist zu Miss Dings gelaufen, weil irgendwas passiert ist. So viel habe ich mitbekommen. Und du musst offenbar auch zu Miss Dings laufen, während ich hier sitze und mit dir frühstücken möchte.«

»Das ist wichtig, Glenn«, versuchte sie zu erklären, wusste aber nicht, wie sie das in zwei Sätzen erledigen sollte, wenn Louise bereits auf sie wartete. Sie konnte ihm nicht erst noch die ganze Geschichte rund um mutmaßlich kopierte Kopien alter Meister erzählen, weil die unweigerlich einen Wust an Rückfragen nach sich ziehen würde. »Ich erzähle dir alles später. Ich beeile mich.«

»Ich laufe nicht weg«, versicherte er ihr unbekümmert. »Am Buffet ist ja noch reichlich Auswahl.« Er zeigte auf den langen Tisch, vor dem im Augenblick vier Gäste standen und ihre Teller vollpackten.

»Okay, ich bin zurück, so schnell ich kann«, sagte sie, beugte sich runter und gab ihm einen Kuss auf die Wange, da er gerade von seiner Scheibe Brot abbiss.

Er erwiderte irgendetwas Unverständliches, aber sie war schon auf dem Weg in Tante Henriettas Wohnung, um ihre Jacke zu holen.

»Da sind Sie ja, Nathalie«, empfing Louise sie, als sie das Haus von Miss Beresford erreicht hatte. »Ich hoffe, Sie reagieren nicht mit Übelkeit auf den Anblick von Leichen.«

»Wurde Miss Beresford …?«, begann sie und wunderte sich, dass die Köchin an diesem Morgen einen dunkelgrauen Anzug trug. Bislang hatte sie sie immer nur in legerer Kleidung und mit der obligatorischen Schürze zu sehen bekommen. Dadurch war ihr gar nicht in den Sinn gekommen, diese Frau könnte jemals etwas anderes tragen. Erst recht hätte sie keinen grauen Anzug erwartet, der Louise eine Aura von Entschlossenheit und Professionalität verlieh.

»Nein, nein, Miss Beresford geht es gut«, versicherte die Köchin ihr. »Außer, dass sie um die Nase herum etwas blass ist.«

»Und um welche Leiche geht es dann?«, fragte Nathalie, die in der nächsten Sekunde bemerkte, dass sie gar keine Ahnung hatte, ob sie den Anblick einer Leiche ertragen konnte oder nicht. Aber sie folgte Louise bereits ums Haus herum in den Garten dahinter. Dabei fiel ihr auf, dass die Köchin diese hauchdünnen Einweghandschuhe trug, wie sie die Angestellten im Café benutzten, um Brötchen und Gebäck anzufassen und in Tüten zu verpacken.

»Um die da«, antwortete Louise und zeigte auf die Mauer am Ende des Gartens.

Beim Näherkommen konnte Nathalie einen Mann erkennen, der vor der Mauer auf dem Rasen lag. Sie neigte ihren Kopf ein wenig zur Seite, um das Gesicht genauer betrachten zu können, doch der Mann kam ihr nicht bekannt vor. Sein Kopf lag in einem solch seltsamen Winkel zum Rest des Körpers, dass selbst sie als völliger Laie erkennen konnte, dass sein Genick gebrochen war.

»Wer ist das?«, fragte sie und blieb in gebührendem Abstand stehen.

»Dazu komme ich gleich«, sagte Louise. »Miss Beresford hat den Toten heute Morgen entdeckt, als sie aus dem Küchenfenster gesehen hat. Grob geschätzt ist er irgendwann gestern Abend zwischen acht Uhr und Mitternacht ums Leben gekommen, wahrscheinlicher ist aber, dass er gegen halb neun gestorben sein dürfte.«

»Soll ich Sie fragen, wieso Sie den Todeszeitpunkt einer Leiche bestimmen können?«, erkundigte sich Nathalie zögerlich. »Oder soll ich das einfach auf Ihre Erfahrung als Köchin schieben?«

»Das macht es auf jeden Fall einfacher«, meinte Louise.

»Und wieso ziemlich genau halb neun? Seine Uhr ist doch nicht etwa stehen geblieben, oder?«

»Nein, Uhren bleiben nur im Fernsehen immer dann stehen, wenn jemand hinfällt, vom Dach stürzt oder vom Bus überrollt wird.« Louise verzog den Mund zum Ansatz eines Lächelns. »Damit hat es nichts zu tun. Aber gegen halb neun war es dämmrig genug, um nicht gesehen zu werden. Miss Beresford hatte das Haus um Viertel vor acht verlassen, und er wird versucht haben, so bald wie möglich einzubrechen, um Zeit genug zu haben, bevor Miss Beresford nach Hause kommt. Je später es wird, umso größer das Risiko, dass sie heimkehrt.«

»Woher wissen Sie denn, dass er bei ihr einbrechen wollte?«, erkundigte sich Nathalie.

Louise nickte. »Das sage ich Ihnen auch gleich. Aber erst etwas anderes. Sehen Sie sich das an ... Sie müssen schon näher kommen. Er kann Ihnen nichts mehr tun.«

Nathalie ging zu der Stelle, auf die die Köchin zeigte. »Und was ist hier?«

»Er muss hier über die Mauer geklettert sein«, erläuterte sie. »Das sehen Sie daran, dass das Moos ganz oben zerdrückt wurde – von seinen Händen, als er sich festgehalten hat, um sich von der anderen Mauerseite aus hochzuziehen. Beim Abstieg auf unserer Seite muss dieser hervorstehende Stein abgebrochen sein, wozu auch die Spuren an seinen Schuhen und das abgekratzte Moos passen. Der Mann hat wohl den Halt verloren, ist abgerutscht und dabei mit dem Hinterkopf so unglücklich auf dieser Ecke dort aufgekommen, dass er eine große Platzwunde davongetragen hat – unmittelbar bevor er sich beim Aufschlagen unten das Genick gebrochen haben muss.«

»Das heißt, das war ein Unfall, aber kein Mord?«, vergewisserte sich Nathalie.

»Richtig, er hat den Halt verloren, ist unglücklich aufgeschlagen und dabei zu Tode gekommen. Tragisch, aber ohne Fremdverschulden.«

»Aber … warum das alles?«, wollte sie wissen.

»Oh, da kommt der Constable«, antwortete die Köchin stattdessen. »Hallo, Ronald, da waren wir etwas schneller als du«, empfing sie den Mann grinsend.

»Sorry, aber ich war unterwegs und hab den Anruf nicht mitgekriegt«, antwortete er außer Atem. »Hast du irgendwas verändert? Ich hoffe nicht, das ist nämlich ein Tatort.«

»Ich habe die Daten von seinem Smartphone gesichert«, antwortete Louise. »Und seine Papiere fotografiert, alles für den Fall, dass das Labor wieder mal etwas verschlampt.«

»Gut, danke, Louise. Hallo, Miss Ames.«

»Constable«, entgegnete sie und nickte ihm zu.

Der Polizist stutzte. »Was machen Sie eigentlich hier, Miss Ames?«

»Ich bin sozusagen …«, begann sie, ohne eine Ahnung zu haben, wie sie weitermachen sollte.

»Miss Ames ist mir auf dem Weg hierher begegnet, da habe ich sie kurzerhand mitgenommen«, antwortete Louise stattdessen und zwinkerte Strutner zu. »Ich kann ihr das schließlich nicht vorenthalten, wenn hier in Earlsraven einmal im Jahr etwas Aufregendes passiert.«

Nathalie beobachtete den Mann und wurde das Gefühl nicht los, dass sie ihm buchstäblich beim Denken zusehen konnte.

»Okay, dann werde ich mich mal an die Arbeit machen und Gott und die Welt zusammentrommeln, damit der Knabe von hier weggeschafft wird«, verkündete er schließlich. »Danke, dass du aufgepasst hast, dass sich in der Zwischenzeit niemand an ihm zu schaffen macht.« Er sah zwischen dem Toten und ihr hin und her. »Hast du sein Smartphone? Und seine Brieftasche?«

»Die Brieftasche ist noch in der Jacke, das Smartphone liegt dort«, sagte sie. »Brauchst du uns noch hier?«

»Wie, oh, nein, nein, die Sache habe ich im Griff«, versicherte er ihr. »Und nochmals danke fürs Aufpassen.« Er sah zum Haus. »Wie geht es Miss Beresford?«

»Eigentlich ganz gut. Aber sie weiß ja auch noch nicht, dass der Mann nicht zufällig in ihrem Garten gelandet ist«, antwortete Louise.

Der Constable sah sie verdutzt an. »Woher weißt *du* das denn?«

»Das wird dir schon auffallen, wenn du dir sein Smartphone genauer ansiehst, vor allem den Ordner mit den Fotos«, gab sie zurück. »Und falls du nicht fündig wirst, werde ich es dir verraten.« Sie stieß Nathalie an. »Lassen wir ihn jetzt seine Arbeit machen, einverstanden?«

Nathalie war klar, dass die Köchin ihr gleich alles erzählen würde, nur deshalb war sie einverstanden, den Schauplatz des Geschehens jetzt schon wieder zu verlassen. Dabei waren solche Ermittlungen verdammt aufregend, wie sie erstaunt feststellen musste. Es war ein ganz eigenartiger Nervenkitzel, den sie so noch nie erlebt hatte, den sie aber gern wieder verspüren wollte.

Sie sprachen noch kurz mit Miss Beresford, dann verließen sie das Haus und schlenderten zurück in Richtung Black Feather.

»Ich nehme an, Sie haben Ihre … Kontakte längst den Toten durchleuchten lassen«, sagte Nathalie bedächtig. »Haben Sie schon Rückmeldungen?«

»Meine Kontakte mussten mir gar nicht so viel verraten«, antwortete Louise. »Der Mann war mit seiner kompletten Brieftasche unterwegs. Er heißt Richard Dean Spiros, Sohn griechischer Eltern. Er ist Geschäftsführer einer ziemlich erfolglosen Londoner Kunstgalerie, trotzdem kann er sich einen Porsche der neuesten Baureihe und einen Jaguar Kombi leisten. Die Finanzbehörden wissen seit Jahren davon, wie man mir verraten hat. Aber da die Galerie immer wieder einen bescheidenen Gewinn abwirft und der Mann keine Sozialleistungen in Anspruch nimmt, steht er bei den Steuerprüfern ganz weit unten auf der Liste.«

»Und warum klettert ein Galerist aus London in Earlsraven über eine Grundstücksmauer, um unbemerkt in Miss Beresfords Haus einzusteigen?«, wunderte sie sich.

»Wohl, weil er das hier holen sollte«, erwiderte Louise und hielt Nathalie ihr Smartphone hin. »Das ist eines des Fotos auf seinem Handy.«

»Das …« Nathalie zog die Augenbrauen hoch. »Das ist Miss Beresfords Monet!«

»Richtig.«

»Deshalb sind Sie sich so sicher, dass Spiros zu ihr wollte«, sagte Nathalie aufgeregt.

Während Louise nickte, fügte Nathalie an: »Da stellt sich mir nur die Frage, warum ein Kunsthändler sich die Mühe machen will, nach einer stundenlangen Autofahrt in das Haus von Miss Beresford einzusteigen und eine

Kopie eines Monets zu stehlen. Allerdings würde das vielleicht den mangelnden Erfolg seiner Galerie erklären, wenn er alles so umständlich angeht. Und davon ganz abgesehen: Welcher Galerist braucht ein Foto von Monets Getreideschober, damit er weiß, was er mitgehen lassen soll?«

»Die Fragen habe ich mir auch gestellt«, stimmte die Köchin ihr zu.

»Ich würde sagen, die Galerie ist nur Fassade für etwas ganz anderes, und unser Galerist ist gar kein Galerist, sondern ein Handlanger und Laufbursche, der letztlich den Kopf hätte hinhalten müssen, weil man den Hintermännern keine Straftaten nachweisen kann.«

»Aber … er könnte doch auch auf eigene Rechnung arbeiten«, gab Louise zu bedenken.

Nathalie war klar, dass die ältere Frau sie auf die Probe stellen wollte. »Könnte sein, aber ich halte es für unwahrscheinlich. Wenn der Mann so was allein und auf eigene Faust durchziehen würde, dann könnte er auf ein Foto des auszutauschenden Gemäldes verzichten. Dann wüsste er auch so, wonach er suchen muss. Nein, jemand hat ihm befohlen, das Bild so schnell wie möglich aus dem Haus zu schaffen. Einer von den Hintermännern.«

Louise sah zur Seite und lächelte sie an. »Ihre Tante hat sich nicht in Ihren Fähigkeiten und in Ihrer Kombinationsgabe getäuscht, Nathalie.«

»Danke«, sagte sie ein wenig verlegen. »Die hilft mir aber nicht bei der Frage weiter, warum jemand herkommt, um eine billige Kopie zu stehlen, wenn er die bei sich zu Hause für zwanzig Pfund ganz legal kaufen kann …« Nathalie stutzte. »Es sei denn …«

»Genau das habe ich mir auch überlegt«, redete die Köchin weiter und zwinkerte ihr zu. »Leider sind meine

Experten alle anderweitig im Einsatz, und ich wüsste niemanden, den ich so kurzfristig überreden könnte, sich in den nächsten zehn Minuten auf den Weg hierher zu machen.«

»Vielleicht weiß ich jemanden«, murmelte Nathalie. »Ich muss an meinen Laptop im Büro, dann kann ich die Nummer raussuchen. Ich hoffe, da lässt sich auf die Schnelle etwas arrangieren.«

Als sie das Black Feather erreichten, entdeckte Nathalie Glenn an einem der Tische auf der mittlerweile bewirteten Terrasse, die für halb zwölf am Vormittag erstaunlich gut besucht war. Das Café hatte keine warmen Gerichte auf der Speisekarte, sondern neben dem Frühstück nur Kuchen und Eis, aber das schien ihren Gästen vollauf zu genügen, was die fast komplett besetzten Tische belegten.

Glenn war so auf sein Smartphone konzentriert, dass Nathalie ihn erst antippen musste, damit er sie bemerkte. »Oh, da bist du ja«, sagte er verwundert. »Ich habe deine Koffer alle nach drinnen gebracht. Diese nette rothaarige Bedienung hat mir gesagt, dass die letzte Tür im Gang zur Wohnung deiner Tante führt, darum habe ich da alles abgestellt. War das so richtig? Einen Schlüssel habe ich ja nicht.«

»Das ist lieb von dir, danke«, erwiderte sie und merkte, dass ihr Groll auf ihn schon wieder verflogen war.

»Bist du fertig mit dem, was du erledigen musstest?«, fragte er dann und trug damit nur weiter zu ihrer Ratlosigkeit bei. Das hier war jetzt ein Teil ihres Lebens, zumindest für ein Jahr, aber Glenn verhielt sich, als würden sie in fünf Minuten nach Liverpool zurückkehren und niemals wieder das Black Feather erwähnen. Dass er sich nicht mal den Namen Megan merken konnte, unterstrich diese Haltung genauso wie seine Frage, ob sie »mit dem fertig war, was sie erledigen musste«. Nur weil sie keine Zeit gehabt hatte, ihm noch alles zu erklären, bevor sie zu Louise geeilt war, war das doch kein Grund, jetzt kein Interesse daran zu zeigen, wieso sie so Hals über Kopf aufgebrochen war.

Und dann noch die Bemerkung mit dem Schlüssel, bei der sie einfach nicht sagen konnte, ob da ein leicht vorwurfsvoller Unterton herauszuhören war oder nicht. Er hatte nicht mal einen Schlüssel zu ihrer Liverpooler Wohnung, wie konnte er dann erwarten, dass sie ihm sofort diesen Schlüssel in die Hand drückte, wenn er gerade erst angekommen war?

Sie konnte ja verstehen, dass es ihm keinen Spaß machte, erst ihretwegen den weiten Weg zurückzulegen und dann kurz nach der Ankunft aufs Abstellgleis geschoben zu werden. Aber dieses miese Timing war nicht ihre Schuld, und wenn auf einmal eine Entwicklung ihren Lauf nahm, nachdem jahrelang nur Rätselraten geherrscht hatte, dann wollte sie nicht diejenige sein, die sich anschließend von anderen erzählen lassen musste, was genau passiert war, sondern mit dabei sein und alles aus erster Hand erleben.

»Ich muss noch schnell telefonieren, dann hast du mich ganz für dich«, versprach sie ihm.

Als hätte sich alles gegen sie verschworen, damit sie möglichst gar keine Zeit mit Glenn verbrachte, folgte dem erfolgreich verlaufenen Telefonat eine Katastrophe nach der anderen. Zwar war es zweifellos übertrieben, von Katastrophen zu reden, da es sich genau genommen nur um Kleinigkeiten handelte. Aber jede Einzelne war mit einem solchen zeitlichen Aufwand verbunden, dass der Nachmittag wie im Flug verging und sie kaum drei Sätze mit Glenn reden konnte.

Den Anfang machte eine wie aus dem Nichts auftauchende Reisegruppe aus Estland, die mit insgesamt vier Bussen anrückte, und das von der zum Dorf hin gelegenen Seite, was dafür sprach, dass sie sich hoffnungslos verfahren hatten. Die Busse blockierten den Parkplatz und die Zufahrtsstraße, die fast zweihundert Reisenden nahmen die gesamte Terrasse in Beschlag und holten noch zusätzliche Klappstühle aus den Bussen, damit sie alle Platz fanden. Um den Ansturm zu bewältigen, musste Nathalie zwei der drei Bedienungen aus dem Pub abziehen, sodass Pete Selway ganz allein sämtliche Bestellungen aufnehmen, die Gerichte an die Tische bringen und für ständigen Nachschub an Getränken sorgen musste.

Erst nach fünf Uhr am Nachmittag wurde es etwas ruhiger, und sie konnte sich wieder zu Glenn setzen, der sich mittlerweile im Pub einen Platz gesucht hatte, von dem aus er auf dem Fernseher die Übertragung der Premiere League mitverfolgte. Zwar hatte er ein paar Mal versucht, sich im Café beim Servieren und Abräumen nützlich zu machen, was Nathalie ihm auch hoch anrechnete. Doch seine Miene hatte da bereits Bände gesprochen.

Als sie jetzt neben ihm Platz nahm, lächelte er sie an und musterte sie wieder auf diese ganz eigenartige Weise – so als rechne er jeden Moment damit, dass sie alles hinschmiss, weil ihr der Stress zu viel wurde und sie es nicht länger ertrug.

Sie wusste, er tat das nicht aus Boshaftigkeit ihr gegenüber, sondern weil ihm nicht gefiel, dass sich ihr Leben auf einmal in eine ganz andere Richtung entwickelte und er nichts dagegen unternehmen konnte. Ihre Hoffnung war, dass er einsah, wie viel Spaß ihr diese Arbeit machte, und dass er diese tief greifende Veränderung akzeptieren würde. Für sie war es schließlich eine ebenso gravierende Umstellung.

»Wer spielt?«, fragte sie, da sich Glenn wieder dem Fernseher zuwandte, so als wären sie an einem Samstagnachmittag bei ihm zu Hause, an dem es für ihn praktisch nur Sport und vor allem Fußball gab, während sie danebensaß und die Zeit mit einem guten Krimi verbrachte.

»Manchester führt drei zu eins«, antwortete er wie ein echter Fußballfan, der auswendig wusste, welcher Verein gegen welchen spielte, weshalb es ihm genügte, nur die eine Mannschaft zu nennen.

Ehe sie darauf etwas erwidern konnte, kam Pete, der Kellner, zu ihnen an den Tisch. »Miss Ames, draußen wartet Besuch auf Sie.«

»Besuch?«

»Eine Mrs Bennett.«

»Jetzt schon?«, fragte Nathalie, obwohl Pete der Letzte war, der auf diese Frage eine sinnvolle Antwort hätte geben können. Daher zuckte er auch nur mit den Schultern.

Sie winkte ab und bedankte sich, dann sagte sie zu Glenn: »Du musst mich noch mal entschuldigen. In einer … ja, in einer Stunde sollte ich wieder hier sein, und dann widme ich meine ganze Zeit nur dir. Einverstanden?«

»Alles klar, viel Spaß«, entgegnete er und war so in das Spiel vertieft, dass er rein reflexartig reagierte.

Sie stand auf und folgte Pete durch den Pub in den Verbindungsgang, wo eine Frau mit atemberaubend langen blonden Haaren und einer Traumfigur stand, bei der Nathalie jedes mal neidisch wurde.

»Hallo, Leigh«, begrüßte sie die Frau, von der sie wusste, dass sie Anfang dreißig war, aber immer noch für Anfang zwanzig durchging. »Ich hatte heute nicht mehr mit Ihnen gerechnet.«

»Meine Neugier war stärker als alles andere«, sagte die Blonde und erwiderte die Begrüßung. »Diese Neugier hat mich Dinge schaffen lassen, zu denen ich bislang nicht in der Lage gewesen bin. Zum Beispiel am Samstagnachmittag einen Babysitter zu finden. Aber es ist vollbracht. Und jetzt will ich diesen Monet sehen.«

»Augenblick, ich hole noch Miss Cartham dazu«, sagte Nathalie. »Sie soll auch dabei sein.«

»Wo soll ich dabei sein?«, ertönte eine Stimme, und Nathalie sah, dass Louise aus der Küche geeilt kam.

»Louise, das ist Leigh Bennett«, stellte sie die beiden einander vor. »Leigh, das ist Louise Cartham.«

»Freut mich, Sie kennenzulernen, Miss Cartham …«

»Sagen Sie Louise zu mir, dann fühle ich mich zehn Jahre jünger.«

Leigh lächelte sie an. »Gern, ich bin Leigh.«

»Leigh ist die Kunstexpertin, die alle Bilder begutachtet hat, die unsere Firma kaufen wollte, um die Direktionsetage zu verschönern«, erklärte Nathalie. »Fünf von zwölf Gemälden hat sie als Fälschung entlarvt und uns davor bewahrt, einen Wahnsinnsbetrag auszugeben und zum Gespött der Konkurrenz zu werden, sobald das die Runde machte.«

Louise stieß einen anerkennenden Pfiff aus. »Alle Achtung.«

»Ich hoffe, ich bin gleich auch so gut, wenn es um den Monet geht«, entgegnete Leigh.

Eine Viertelstunde später trafen sie bei Miss Beresford zu Hause ein, die sie ins Wohnzimmer führte. Vor dem Bild angekommen, zog Leigh die Augenbrauen hoch. Keine fünfzehn Sekunden, nachdem sie einen ersten Blick auf den Monet geworfen hatte, sagte sie schlicht: »Der ist echt.«

Zehntes Kapitel, in dem Nathalie es Kommissar Maigret gleichtut und eine Falle stellt

»Was?«, riefen Miss Beresford und Constable Strutner, den sie telefonisch hinzugezogen hatten, fast gleichzeitig.

»Ja, der Monet ist echt«, bekräftigte Leigh. »Das kann ich auf den ersten Blick erkennen. Ich durfte dieses Motiv einmal in aller Ruhe aus der Nähe betrachten ... so etwas vergisst man nie wieder. Es bleibt aber auch deshalb so gut in Erinnerung, weil Monet normalerweise wesentlich größere Leinwände benutzte, während die hier ungewöhnlich klein geraten ist.« Sie machte einen Schritt nach vorn und nickte fast ehrfürchtig. Dabei hob sie die Hände, als wollte sie das Bild anfassen, aber ihre Finger blieben ein paar Zentimeter davon entfernt. »Es ist wunderschön«, flüsterte sie.

»Und Millionen wert«, merkte Louise an und sah lächelnd zu Nathalie. »Das haben Sie verdammt gut gemacht, Chefin.«

»*Wir* haben das verdammt gut gemacht«, korrigierte Nathalie sie. »Wir hatten beide den Gedanken, dass es sich um das Original handeln muss. Es ergab einfach keinen Sinn, dass dieser Pseudo-Galerist hier einbrechen und eine Kopie stehlen wollte, die er in London völlig legal kaufen konnte.«

»Aber … aber … wieso … wie …?«, stammelte Miss Beresford. »Wie kann in meinem Wohnzimmer ein echter Monet hängen? Wer ist dafür verantwortlich?« Sie lief zu Constable Strutner, der hilflos mit den Schultern zuckte, da er selbst noch versuchte, dem Geschehen zu folgen. »Sagen Sie doch was!«

»Warum dieses Gemälde hier bei Ihnen an der Wand hängt, ist eigentlich ganz einfach«, begann Leigh. »Es wurde hier sozusagen geparkt.«

»Geparkt? Was soll das heißen?«, fragte die alte Dame kopfschüttelnd.

»Wir werden ihr sagen müssen, was ihr feiner Enkel hier für ein Spiel treibt«, raunte Louise Nathalie zu.

»Ja, ich weiß, sonst wird sie ihn anrufen, weil sie denkt, dass er erfahren muss, was hier los ist«, flüsterte die ihr zu. »Es wäre zwar schöner gewesen, ihn in die Falle laufen zu lassen, ohne Miss Beresford einzuweihen, aber das ist zu riskant.« Sie ging um Leigh herum, die fast versonnen das Gemälde betrachtete.

»Miss Beresford«, begann Nathalie. »So langsam kommt Licht ins Dunkel. Offenbar wusste jemand, dass Sie dieses Bild von Monet in Kopie besitzen. Und Ihnen fiel deshalb irgendwann auf, dass mit dem Gemälde etwas nicht stimmte, weil die Kopie durch das gestohlene Original ersetzt worden war …«

»Gestohlen?«, ging der Constable dazwischen. »Wenn dieses Bild da – also der echte Monet – jemandem gestohlen worden wäre, dann hätten wir davon in der Zeitung gelesen oder in den Nachrichten gehört. Bilder, die Millionen Pfund wert sind, verschwinden nicht sang- und klanglos!«

»Leider doch«, widersprach ihm Leigh und wandte sich von dem Monet ab. »Es gibt viele Fälle, in denen der Bestohlene nicht zur Polizei geht, sondern darauf hofft, dass das Gemälde vielleicht noch einmal auftaucht. Denken Sie an Unternehmer, die ihre Einkünfte so geschickt manipulieren, dass sie im Jahr gerade mal tausend oder zweitausend Pfund Steuern zahlen. Meinen Sie nicht, das Finanzamt würde hellhörig werden, dass ein Mann, der sich mit seinen Geschäften so gerade eben über Wasser halten kann, einen Monet als gestohlen meldet, der auf zwanzig Millionen Pfund geschätzt wird? Und was ist, wenn das Bild jemandem gestohlen wurde, der es sich ursprünglich durch Diebstahl beschafft hat?«

»Oh«, machte Strutner. »Das ist natürlich etwas anderes.«

»Natürlich spricht es sich in bestimmten Kreisen herum, dass Leute wie ich gewarnt sind, wenn ein solches Gemälde plötzlich irgendwo auftaucht und auf seinen Wert geschätzt werden soll«, fuhr Leigh fort. »Daher weiß ich, dass dieses Gemälde seit einigen Wochen als gestohlen gilt.«

»Und was wollte dieser Mann hier, der in meinem Garten ums Leben gekommen ist?«, fragte Miss Beresford. Sie war außer sich, weil sie nicht verstand, was in ihrem eigenen Haus vor sich ging.

»Der wollte das Original abholen und die Kopie wieder an die Wand hängen … die hier irgendwo versteckt sein muss, da unser Toter sie nicht bei sich trug. Und von einem Komplizen, der mit der Kopie stiften gegangen ist, müssen wir im Moment nicht ausgehen …«

»Wahrscheinlich wurde jemand durch mein Interesse an Miss Beresfords rätselhafter Geschichte unruhig. Die ganzen Jahre über hat sich niemand mehr um Ihre Äußerungen gekümmert, dass mit den Bildern etwas nicht stimmt, also bestand keine Gefahr, mit dem Gemäldetausch aufzufallen. Und dann auf einmal meldet sich wie aus dem Nichts eine gewisse Nathalie Ames und stellt Fragen. So was sorgt für Unruhe.«

»Aber bei wem?«, wunderte sich die ältere Frau.

»Miss Beresford, ich sage das nur ungern, weil ich weiß, dass Sie große Stücke auf ihn halten«, antwortete Louise. »Aber ich befürchte, es ist Ihr Enkel.«

»David? Niemals!«, protestierte sie.

»Miss Beresford«, ergänzte Nathalie. »Ich weiß aus … Notizen meiner Tante …, dass Sie jedes Mal kurz nach Ihrem Bingoabend am Freitag anfingen, davon zu reden, dass mit dem jeweiligen Bild etwas nicht stimmte. Hier in Earlsraven weiß jeder, wo Sie am Freitagabend sind, aber außerhalb von Earlsraven außer Ihrem Enkel wohl niemand. David hat die Zeit genützt, wenn Sie garantiert nicht im Haus waren und sich auch von der Nachbarschaft einige beim Bingo befanden. Er wusste, wann jemand herkommen und ein Gemälde austauschen konnte, ohne dabei beobachtet zu werden. Vielleicht hat er immer jemanden wie diesen angeblichen Galeristen hergeschickt, vielleicht hat er es auch selbst erledigt und nur diesmal eine Ausnahme gemacht. Das wird sich noch herausstellen. Auf jeden Fall hängt David in der ganzen Misere mit drin.«

»Das kann nicht sein. So etwas würde er niemals …«, flüsterte die ältere Frau mit tränenerstickter Stimme. Dann hob sie entschlossen den Kopf. »Nein, das kann nicht sein. Ich werde ihn sofort anrufen und zur Rede stellen. Dann werden wir ja …«

»Tut mir leid, Miss Beresford«, ging der Constable erstaunlich energisch dazwischen. »Aber das kann ich nicht erlauben. Ihr Enkel ist ein mutmaßlicher Kunstdieb und Hehler, der durch Ihren Anruf vorgewarnt werden würde und sich absetzen könnte, bevor meine Kollegen ihn festnehmen können. Wenn Sie ihm damit ermöglichen, unbehelligt das Land zu verlassen oder auch nur alle Unterlagen verschwinden zu lassen, müsste ich Sie wegen Beihilfe zur Hehlerei und wegen Behinderung der Polizeiarbeit anzeigen. Das würde weder Ihnen noch mir gefallen, glauben Sie mir, Miss Beresford!«

Die alte Frau wurde bleich im Gesicht. »Ja, Mr Strutner, ich … ich habe verstanden«, sagte sie so leise, dass sie nur mit Mühe zu verstehen war. Sie sah betroffen in die Runde, schließlich fragte sie: »Aber warum sollte er das machen? Das ist doch kriminell.«

»Und sehr lukrativ«, erklärte Leigh und legte tröstend einen Arm um Miss Beresfords Schultern, dann dirigierte sie sie zu dem millionenschweren Kunstwerk. »Sehen Sie, um ein Gemälde zu stehlen, muss man lange im Voraus planen. Schließlich muss man dafür einen Einbruch vornehmen, Wachleute überlisten, Alarmanlagen ausschalten und natürlich unerkannt entkommen. Idealerweise hat man auch schon einen Abnehmer, dem man gegen viel Geld das Bild in die Hand drückt. Hat man den nicht, taucht man erst mal eine Weile unter, während man das Gemälde irgendwo gut unterbringt, wo niemand danach suchen wird …«

»Mein Enkel soll ein Kunstdieb sein?«, fragte Miss Beresford ungläubig.

»Nicht zwangsläufig. Er kann auch Mittelsmann sein, der für andere ein gestohlenes Gemälde verwahrt. Selbst das würde ihm viel Geld einbringen, immerhin reden wir hier über mehrere Millionen Pfund. Selbst wenn der Auftraggeber ›nur‹ zehn Millionen Pfund zahlt, können für Ihren Enkel immer noch ein paar Hunderttausend drin sein. Vor allem dann, wenn er ein Versteck gefunden hat, auf das niemand kommen wird. Das ist zugleich für ihn eine Versicherung, dass ihn niemand umbringt.«

»Dann ›schenkt‹ er mir ein gestohlenes Gemälde und tauscht es irgendwann gegen eine Kopie aus?«

»Nein, er schenkt Ihnen eine Kopie«, meldete sich Louise zu Wort, nachdem die Kunstexpertin ihr zugenickt hatte. »Da er lange im Voraus weiß, welcher Diebstahl als Nächstes in Auftrag gegeben wird, lässt er für seine Galerie Hunderte von Kopien herstellen, die er frühzeitig in den Handel bringt, damit kein zeitlicher Zusammenhang zum Diebstahl erkennbar wird. Er schenkt Ihnen eine der Kopien, und gleich nach dem gelungenen Diebstahl kommt er an einem Freitagabend her, ersetzt die Kopie durch das Original – und dann heißt es abwarten.«

»Aber worauf wartet er?«

»Er wartet ab, dass der Bestohlene die heimliche Suche aufgibt und glaubt, das Bild sei längst außer Landes geschafft worden. Dann kommt er, hängt die Kopie wieder auf und verschwindet mit dem Original. Sie haben wieder das gefälschte Bild, das Sie ursprünglich von ihm geschenkt bekommen hatten, und niemand hat Ihren David im Verdacht, etwas mit dem Diebstahl zu tun zu haben.«

Miss Beresford schüttelte den Kopf, Tränen glitzerten in ihren Augen. »Aber … aber … Sie wollen doch nicht sagen, dass er mich schon seit Jahren so hinters Licht führt, oder etwa doch? Das wäre … das … das … ich weiß gar nicht, was ich sagen soll.«

»Haben Sie die Gemälde noch, die David Ihnen in den letzten Jahren geschenkt hat?«, fragte Leigh.

»Ja, natürlich«, beteuerte Miss Beresford. »So etwas wirft man nicht weg. Wenn er mir ein neues Gemälde bringt, dann wandert das vorangegangene in den Flur im ersten Stock. Inzwischen bin ich damit aber schon an der Wand entlang der Treppe angekommen.«

»Würden Sie mir bitte die Bilder zeigen?«, fragte die blonde Frau und folgte der alten Dame aus dem Wohnzimmer.

Nathalie und Louise betrachteten unterdessen den Monet, Constable Strutner gesellte sich zu ihnen. »Unfassbar, dass jemand für ein Stück bemalte Leinwand Millionen hinblättert«, sagte er kopfschüttelnd. »Ich meine, mehr ist es letztlich doch nicht.«

Nathalie grinste ihn amüsiert an. »Sagen Sie das lieber nicht, sonst wird Miss Beresfords Enkel noch mit einer Bewährungsstrafe davonkommen, weil er ja bloß einen Holzrahmen, ein Stück Leinwand und ein bisschen Ölfarbe geklaut hat.«

Er hob abwehrend die Hände. »Um Himmels willen, der soll ja nicht ungeschoren davonkommen. Der muss allein schon dafür büßen, dass er seine eigene Großmutter so schamlos ausgenutzt hat.«

»Apropos austauschen. Wir wissen gar nicht, wo die Kopie versteckt ist«, sagte Louise.

»Wofür brauchen wir die Kopie? Wir haben doch das Original«, hielt Strutner dagegen. »Das genügt uns.«

»Mit dem Original können wir David Fuller nicht nachweisen, dass er etwas damit zu tun hat«, gab Nathalie zu bedenken. »Er würde mit Sicherheit alles versuchen, um seinen Kopf aus der Schlinge zu ziehen. Dass Spiros mit ihm telefoniert hat, wie seine Anrufliste es angibt, beweist gar nichts. Spiros ist Galerist, er kann bei ihm zehn Rembrandts bestellt haben.«

»Und was machen wir stattdessen?«, wollte er wissen.

»Wir suchen nach der Kopie, und Sie, Constable, geben eine Pressemeldung heraus, dass der Londoner Galerist Spiros am Freitagabend kurz vor Earlsraven mit seinem Wagen von der Straße abgekommen ist und dabei tödlich verletzt wurde«, sagte Nathalie. »Es ist wichtig, dass das auf dem Weg hierher passiert ist, damit Fuller weiß, dass Spiros den Monet noch nicht abgeholt hatte. Nur dann wird er entweder selbst herkommen oder jemanden schicken, der das Bild für ihn holt. Wenn wir ihn oder seinen Laufburschen auf frischer Tat ertappen, stehen die Chancen viel besser, ihm etwas nachzuweisen.«

Strutner dachte über ihre Worte nach und nickte schließlich. »Klingt logisch. Sie haben wirklich das Zeug zur Polizistin, wissen Sie das?«

»Das hat sie von ihrer Tante geerbt«, meinte Louise und klopfte Nathalie anerkennend auf die Schulter.

»Aber …« Der Constable stutzte. »Ich weiß noch immer nicht, wofür wir die Kopie brauchen.«

»Das soll eine Überraschung sein«, erwiderte Nathalie mit verschmitztem Grinsen.

Strutner verzog ratlos das Gesicht, sah sich aber trotzdem um. »Ganz so groß ist das Gemälde ja nicht«, meinte er. »Dafür gibt es in diesem Haus genügend Verstecke. Wir werden möglicherweise lange suchen müssen, ehe wir fündig werden.«

»Nein, das kann kein kompliziertes Versteck sein«, widersprach ihm Louise grübelnd. »Es muss sozusagen in Greifweite sein. Fuller muss in der Lage sein, innerhalb von zwei Minuten das eine Bild ab- und das andere Bild aufzuhängen. Wenn seine Großmutter überraschend früher nach Hause kommt, kann er nicht erst noch einen Schrank an die Wand zurückschieben.«

Nathalie stellte sich genau vor das Gemälde und tat so, als würde sie es abhängen und rechts von sich auf den Boden stellen, dann richtete sie sich auf und streckte die Arme zu beiden Seiten aus. Zu ihrer Rechten befand sich ein Bücherregal, in dem man bestenfalls eine Postkarte hätte verstecken können. Links von ihr hing der gerahmte Druck eines Plakats für eine Mondrian-Ausstellung.

Sie stutzte. »Was ist denn das für ein monströser Rahmen?«, wunderte sie sich. »So dick, wie der ist, muss dahinter doch ein Hohlraum sein.«

Der Constable ging um sie herum auf ihre linke Seite und hob den schweren Rahmen von insgesamt drei Haken. Auf der Rückseite des Rahmens kam dann tatsächlich der kopierte Monet zum Vorschein, eingepackt in eine große Plastikhülle, die mit Klettbändern festgehalten wurde.

»Danke, Constable«, sagte Nathalie, löste die Bänder und nahm das Bild an sich.

Gerade als der Polizist den Druck wieder aufhängte, kamen Leigh und Miss Beresford herein. »Sieh an, ihr seid fündig geworden«, stellte Leigh fest und nickte, als Nathalie auf den Druck zeigte, der von Strutner zurück auf die Haken balanciert wurde. »Ja, das Versteck ist gut. Das Plakat ist groß genug, dahinter kann man auch viel größere Gemälde verstecken. Das passt zu den Bildern, die mir Miss Beresford gezeigt hat. Die Originale sind tatsächlich alle vor Jahren gestohlen worden, bei einigen wurde auch Anzeige erstattet, und bei zwei Bildern bin ich mir sicher, dass sie ihren Eigentümern zurückgegeben werden konnten.«

Miss Beresford konnte nicht fassen, was sie zu sehen bekam. »David hat mir damals gesagt, dass das Plakat nur in diesem Rahmen richtig zur Geltung kommt«, erklärte sie betreten. »Und ich habe ihm das alles geglaubt.«

»Es tut mir leid, Miss Beresford«, sagte Nathalie. »Ich hätte Ihnen diese Enttäuschung lieber erspart, das können Sie mir glauben.«

Die ältere Frau winkte ab. »Das ist nicht Ihre Schuld. Ich kann mich wohl eher bei Ihnen dafür bedanken, dass mein Enkel mir nicht länger Lügen auftischen wird. Und ich habe ihm all die Jahre geglaubt, dass er mir etwas Gutes tun will. Dabei hat er nur meine Gutgläubigkeit ausgenutzt. Das wird ihm noch leidtun«, erklärte sie entschlossen und sah in die Runde. »Haben Sie schon einen Plan, wie wir ihn zu fassen bekommen? Ich möchte mir nicht entgehen lassen, ihm persönlich die Ohren lang zu ziehen!«

Constable Strutner drehte sich angesichts der Frage reflexartig zu Louise und Nathalie um, die beiden sahen sich kurz an, dann nickten sie ihm zu. »Die Gelegenheit werden Sie bekommen, Miss Beresford.«

Es war bereits halb acht, als sie gemeinsam zum Black Feather zurückkehrten. Im Haus der alten Dame waren die ersten Vorbereitungen getroffen worden, um den Enkel in die Falle laufen zu lassen. Am Sonntag würde der Constable mit einem Jungen aus der Nachbarschaft, der mit Computern umgehen konnte wie kein Zweiter im Dorf, an verschiedenen Punkten Überwachungskameras verstecken, um darauf gefasst zu sein, dass Fuller zu einer anderen als zu der erwarteten Zeit ins Haus eindrang, um den Monet zu holen. Wenn es nicht gelang, ihn persönlich in Empfang zu nehmen, wollten sie ihn wenigstens dabei filmen, damit er auch wirklich überführt werden konnte.

Als sie sich dem Lokal näherten, entdeckte Nathalie Glenn, der die Heckklappe seines SUVs geöffnet und sich auf die Ladefläche gesetzt hatte. Nathalie löste sich aus der Gruppe und ging zu ihm. »Ist das nicht etwas unbequem?«, fragte sie beim Näherkommen.

»Auf dem Fahrersitz verbringe ich gleich noch genug Zeit«, erwiderte er und rutschte zur Kante vor, um mit einem Satz den Kofferraum zu verlassen.

»Wieso? Wohin fahren wir?«

»*Wir* fahren nirgendwohin«, sagte er und strich mit den Fingerspitzen über ihre Wange. »Ich fahre, und zwar nach Hause.«

»Du bist doch gerade erst angekommen«, wandte sie ein.

»Angekommen bin ich vor … so ungefähr acht Stunden. Das kommt dir nur so kurz vor, weil wir in der Zeit vielleicht … na, ich bin mal großzügig … 60 Minuten miteinander verbracht haben.«

»Glenn, das tut mir leid, aber heute hatte sich den ganzen Tag alles gegen uns verschworen«, erwiderte sie. »Heute Abend und morgen …«

»Heute Abend und morgen habt ihr alle hier so viel um die Ohren, dass du gar nicht merken würdest, ob ich da bin oder nicht«, sagte er und zwinkerte ihr zu.

»Heute Abend? Wovon redest du?«

Er nickte lächelnd. »Ja, du weißt noch nichts von deinem Glück. In der Küche des Bengal Hotels, ein Stück südlich von hier, ist heute Nachmittag ein Feuer ausgebrochen. Nichts Ernstes, aber das komplette Frühstücksbuffet für morgen früh ist unter einer dicken Schicht Löschschaum verschwunden und damit ungenießbar. Weil auch noch ein paar Backöfen das Zeitliche gesegnet haben, steht die Geschäftsführerin vor der Wahl, morgen einer neunzig Mann großen Hochzeitsgesellschaft sagen zu müssen, dass es zum Frühstück höchstens einen Haferbrei gibt, oder aber alle Hebel in Bewegung zu setzen und jeden verfügbaren Backofen im näheren Umkreis zu rekrutieren.«

»Das können wir nicht leisten«, sagte Nathalie sofort.

»Im Gegenzug würde sich das Bengal natürlich großzügig revanchieren«, redete er weiter.

»Solche Kapazitäten haben wir nicht …«, fuhr sie ihrerseits fort.

»Hm, der junge Mann hinter der Theke …«

»Harold?«, fragte sie.

»Ja, kann sein. Wenn ich ihn noch mal sehe, kann ich dir das sagen. Er war jedenfalls der Meinung, dass ihr das hinkriegen könnt, zumal das Bengal ja zwei bis drei Leute herschickt, die den Großteil der Arbeit erledigen würden. Es geht ja mehr darum, die Backöfen und ein paar Mixer und was weiß ich noch zur Verfügung zu stellen. Deshalb hat er zugesagt.«

»Ohne mit mir oder Louise zu reden?«, rief sie entsetzt. »Das geht nicht, das müssen wir absa…«

Sie hielt inne, als sie sah, dass ihr Freund die Hand gehoben hatte. »Die Jungs sind schon dran. Siehst du den gelbroten Kombi dahinten?«

Sie nickte.

»Damit sind vor ein paar Minuten zwei Leute aus dem Bengal hier angekommen«, erklärte er. »Der Wagen ist voller Bleche mit Teig, zwei davon haben sie schon reingebracht.«

Nathalie stöhnte auf. »Ich glaube, das mit der Eigeninitiative hätte ich wohl anders rüberbringen müssen. Ach, verdammt, Glenn, das tut mir leid, aber …«

Er gab ihr einen Kuss auf die Stirn. »Aber du wirst keine fünf Minuten Zeit für mich haben, und du wirst keinen Schlaf bekommen und dann irgendwann todmüde ins Bett fallen. Ich muss nicht bis morgen Abend hier rumsitzen und dir beim Arbeiten zusehen, und erst recht musst du nicht die ganze Zeit über ein schlechtes Gewissen haben, weil du weißt, dass ich da irgendwo rumsitze und ich mich frage, wie lange ich noch warten muss.«

»Du könntest dir doch ein bisschen die Umgebung ansehen«, schlug sie vor, musste aber sofort einsehen, dass das eine dumme Idee war. Glenn war ihretwegen hier, aber nicht, weil er das ruhige Landleben genießen wollte. »Vergiss, was ich gesagt habe«, fügte sie etwas wehmütig an. »Du bist mir nicht böse?«

Glenn zuckte mit den Schultern. »Wie könnte ich? Nichts von dem ist deine Schuld. Du wirst dauernd von irgendwem gebraucht, und das geht im Moment nun mal vor. Das nächste gemeinsame Wochenende verbringen wir deshalb zu Hause in Liverpool. Da kann man dich zwar alle fünf Minuten anrufen, aber Telefone lassen sich wenigstens abschalten.« Er sah ihr tief in die Augen. »Einverstanden?«

»Einverstanden«, erwiderte sie, schlang die Arme um seinen Hals und gab ihm einen langen Abschiedskuss.

Epilog, in dem Nathalie davon berichtet, wie der Täter überführt wurde

»Es lief alles nach Plan, Leigh«, berichtete Nathalie eine Woche später, nachdem ihnen David Fuller am Abend zuvor in die Falle gegangen war.

Sie hatte das Telefon auf Lautsprecher geschaltet, damit auch Louise sich an der Unterhaltung beteiligen konnte, die bei ihr im Büro am Schreibtisch saß.

»Wir waren in der Küche in Position gegangen, um sieben Uhr abends machte sich Miss Beresford auf den Weg zum Bingo, um acht sahen wir auf dem Monitor, wie sich Fuller durch den Garten dem Haus näherte. Er schloss die Hintertür auf – der ›feine Herr‹ hatte den Schlüssel nachmachen lassen – und ging zielstrebig ins Wohnzimmer, dann nahm er den Monet von der Wand, fasste hinter das andere Bild und zog den anderen Monet hervor …«

»… und tauschte eine Kopie gegen die andere ein«, ergänzte Louise. »Das war wirklich eine geniale Idee von Ihnen, Leigh, uns noch eine Kopie zu schicken, damit zwei Bilder vorhanden sind und das Original trotzdem in Sicherheit ist.«

»Na ja, wenn auf dem Preisschild zwanzig Millionen steht, sollte man lieber etwas vorsichtiger sein«, meinte Leigh lachend. »Und dann haben Sie ihn festgenommen?«

»Nicht sofort«, sagte Nathalie. »Als er gehen wollte, ist der Constable vor uns her ins Wohnzimmer gelaufen, wir sind dann an ihm vorbei zur Terrassentür, damit er nicht versucht, uns auf diesem Weg zu entwischen. Dass Louise und ich mit Cricketschlägern bewaffnet waren, schien ihn nicht zu beeindrucken. Er schaffte es, einen Brieföffner an sich zu nehmen, mit dem er uns in Schach halten wollte …«

»Dabei hätten wir ihm den mühelos aus der Hand schlagen können, ohne ihm zu nahe zu kommen«, warf Louise ein. »Was dann passierte, das hatte allerdings keiner von uns für denkbar gehalten.«

»Was denn?«, wollte Leigh wissen.

»Na ja, wir dachten, entweder wirft er den Brieföffner freiwillig weg und ergibt sich, oder wir müssen ihn überwältigen«, fuhr sie fort. »Aber dann holte er aus und …«

»Jetzt reden Sie schon weiter!«, rief Leigh amüsiert. »Sie sind ja schlimmer als die Leute im Fernsehen, die dauernd ankündigen, was ›gleich‹ kommt und dann doch nicht kommt!«

»Er zerschnitt die Leinwand«, verriet Nathalie ihr. »Dann riss er ein Stück heraus und steckte es sich in den Mund.«

»Was?«

»Ja, er stand da, kaute auf einem Fetzen Leinwand herum, hielt uns mit dem Brieföffner in Schach und erzählte uns mit vollem Mund, er werde jetzt das ganze Bild aufessen, dann hätten wir nichts mehr gegen ihn in der Hand.«

Das schallende Gelächter aus dem Lautsprecher hatte eine ansteckende Wirkung auf die beiden.

»Und?«, fragte Leigh nach einer Weile. Ihrer Stimme war anzuhören, dass ihr vor Lachen die Tränen gekommen waren.

»Wir haben ihn eine Weile kauen lassen, und spätestens als wir uns alle drei vor Lachen krümmten, wurde Fuller klar, dass da irgendwas nicht stimmte«, erklärte Louise. »Wir haben ihm dann erzählt, dass er sich seine eigene Kopie schmecken ließ und dass das Original längst bei der Polizei sicher verwahrt wurde. Erst wollte er uns nichts sagen, aber dann kam Miss Beresford nach Hause, nachdem wir sie hatten wissen lassen, dass alles gut gelaufen war.«

»Und dann hat sie ihm die Ohren lang gezogen?«

»Buchstäblich«, bestätigte Nathalie. »Sie ist auf ihn losgestürmt und er hat, ganz der ›brave‹ Enkel, den Brieföffner fallen lassen. Dann hat die alte Dame sein rechtes Ohr gepackt und gezogen, bis er aufgeschrien und ein umfassendes Geständnis abgelegt hat. Es ist alles exakt so gewesen, wie wir es vermutet hatten. Der Staatsanwalt meinte bereits, dass das Geständnis Gültigkeit haben wird, weil Aktionen von Großmüttern nicht unter die Genfer Konvention fallen«, fügte sie ausgelassen hinzu.

Sie unterhielten sich noch eine Weile, dann verabschiedete sich Leigh, und Nathalie wandte sich ihrer Köchin zu.

Louise nickte anerkennend. »Das haben Sie für Ihren allerersten Fall wirklich grandios gemacht«, sagte sie und hob ihr Bierglas, um mit Nathalie anzustoßen. »Auf den erfolgreichen Abschluss dieses Falls, und mögen alle künftigen Verbrechen genauso leicht aufzudecken sein.«

»Auf den erfolgreichen Abschluss«, wiederholte Nathalie, »und möge es gar keine künftigen Fälle geben, die gelöst werden müssen.«

»So fromme Wünsche gehen nie in Erfüllung«, meinte Louise augenzwinkernd.

»Ich weiß«, sagte Nathalie und lächelte versonnen. »Sonst wäre das Leben ja auch zu langweilig.«

ENDE

Die Community für alle, die Bücher lieben

Das Gefühl, wenn man ein Buch in einer einzigen Nacht verschlingt – teile es mit der Community

In der Lesejury kannst du

- ★ Bücher lesen und rezensieren, die noch nicht erschienen sind
- ★ Gemeinsam mit anderen buchbegeisterten Menschen in Leserunden diskutieren
- ★ Autoren persönlich kennenlernen
- ★ An exklusiven Gewinnspielen und Aktionen teilnehmen
- ★ Bonuspunkte sammeln und diese gegen tolle Prämien eintauschen

Jetzt kostenlos registrieren: www.lesejury.de
Folge uns auf Facebook:
www.facebook.com/lesejury